leykam: *seit 1585*

Sepp Mall

EIN HUND KAM IN DIE KÜCHE

Roman

leykam: *Belletristik*

Wo gehen wir denn hin? Immer nach Hause.

Novalis

I

In unserer Familie gab es keine Wörter für den Abschied. Mein Vater hatte keine und meine Mutter auch nicht. Als wären sie ihnen mit der Zeit verloren gegangen, aus dem Sprachsack gefallen, Buchstabe für Buchstabe, und irgendwo liegen geblieben, wo sie niemand mehr fand. Oder sie schluckten sie einfach hinunter, jedes Mal, wenn sie ihnen in den Mund kamen.

Als wir im Frühling ein Büschel blassroter Nelken auf Mutters Familiengrab setzten, musste es so sein wie immer. Mama kniete sich auf das festgetretene Kiesbett und verzog keine Miene, als ich sie fragte, wie lange die Pflanzen wohl hielten und in wie vielen Wochen es wieder neue bräuchte. Sie beugte sich über die hölzerne Grabumrandung und drückte den Wurzelballen in das schwarze Loch, das sie mit den Händen vertieft hatte. Ich wiederholte meine Frage, Mama hielt in ihrer Bewegung inne, dann schüttelte sie nur leicht den Kopf und fuhr fort, die krümelige Erde rund um die Blumen festzudrücken.

Die Großeltern lagen hier begraben und auch sie sagten nichts. Es waren Mamas Vater und Mutter, auf dem Grabkreuz standen ihre Namen und Zahlen und dass sie in Frieden ruhen sollten. Das Todesjahr war bei beiden dasselbe, es war das Jahr, in dem ich auf die Welt gekommen war. Wenn meine Mutter davon erzählte, sagte sie, dass zuerst der Großvater gestorben war, davongegangen, nannte sie es, und eine knappe Woche später sei sie schon im Kindbett gelegen und die Hebamme habe mich mit einer Zange aus ihrem Bauch herausgeholt. Die Großmutter, die uns mit ihrem breiten Lächeln vom Grabmedaillon aus zuschaute, sei da noch dabei gewesen, aber einen Monat später, auf den Tag genau, habe auch sie sich davongemacht. Aus Kummer, sagte Mama, weil so alt sei sie noch nicht gewesen. Gerade einmal achtundsechzig. Von ihrem Mann geholt worden, hätten einige im Dorf gesagt. Nicht zu ihr direkt, nicht zu jemandem aus ihrer Familie, aber es sei ihr doch zu Ohren gekommen.

Stell dir vor, sagte sie von unten herauf, so eine abgrundtiefe Dummheit. Sie beugte sich vor und strich mit den Händen die Erde glatt. Von drüben kannst du niemanden mehr holen, blödes Altweibergeschwätz. Und zwei Todesfälle und eine Geburt innerhalb von vierzig Tagen, da hätten sie ruhig ihr Maul halten können –

Länger als vierzig Tage halten diese Nelken hier bestimmt nicht, fiel ich ihr ins Wort, dann muss jemand neue setzen.

Mutter richtete sich auf und sah mich überrascht an. Sie wischte die schmutzigen Finger an ihrer Schürze ab und ließ meine Behauptung über den Grabsteinen verhallen. Die Worte flogen mit dem Wind davon, über die Friedhofsmauer mit der hölzernen Abdeckung, über die Wipfel der nahen Kastanien und Birken hinauf in die Mailuft über dem Kirchturm. Ich blickte ihnen nach, bis sie im weiß gesprenkelten Himmel verschwammen.

Wörter, die etwas mit Lebewohl oder Wiedersehen zu tun hatten, gab es bei uns seit ein paar Monaten nicht mehr. Und bei allem, was wir taten, war es verboten zu sagen, dass wir dies oder jenes hier bei uns in Mariendorf vielleicht nie mehr tun würden – meine leichtfüßige Mutter nicht, Vater mit seinem viereckigen Schnauzbart nicht, mein kleiner Bruder Hanno und ich nicht. Auch das Wort Zukunft hörten meine Eltern nicht gerne. Wir schwebten alle in der Gegenwart, ausschließlich, und überall, wo wir uns befanden, war es gerade jetzt. Jetzt, jetzt, jetzt. Die Fragen, in denen es um etwas anderes ging als um die Gegenwart, endeten in Schweigen oder Schulterzucken.

Hanno musste etwas aufgeschnappt haben, was ihn beunruhigte, aber was genau in seinem Kopf los war, verstand ich nicht. Seit einer Woche überfiel er mich jeden Abend im Bett mit seinem Gestammel. Meistens war ich gerade eingeschlummert, wenn er sich zu mir drehte und mit dem Finger gegen meine Schulter stupste.

Was willst du schon wieder?, fragte ich.

Er riss die Augen auf, als würde ihm das beim Sprechen helfen. Dann wiederholte er die abgebrochenen Sätze, die er mir schon an den Abenden zuvor ins Ohr geflüstert hatte, jedes Mal im selben Wortlaut.

Du, sagte er, und ich hörte, wie er tief Luft holte, weißt du?

Ja?

Er setzte noch einmal an, die Silben und Wörter sträubten sich, so wie immer.

Ich warte, sagte ich.

Er drehte seinen Kopf hin und her und irgendwann gelang es ihm doch, die drei, vier Laute über seine Zunge zu drücken und zwischen den Zähnen herauszupressen.

Mama weg, sagte er, Mama weg, Mama fahren. Er hielt den Atem an, sein ganzes Gesicht eine Frage.

Was meinst du?

Fahren, wiederholte er, Mama wegfahren.

Und ich antwortete ihm so, wie ich es jeden Abend machte. Wir fahren alle weg, Hanno, sagte ich und wischte ihm den Speichel vom Kinn. Wir fahren alle zusammen. Mama und du und Vater und ich. Die ganze Familie. Du brauchst keine Angst zu haben. Hanno, Mama, Tata, Ludi, alle zusammen, du wirst schon sehen.

Dann war es still, bis ich nach einer Weile hörte, wie er erleichtert aufatmete. Er drückte die Knie gegen meine Flanke, rollte sich zusammen, wie es junge Hunde machen, und ich spürte, wie die Anspannung allmählich aus seinem kleinen Körper wich. Als ich schon dachte, dass er eingeschlafen wäre, vernahm ich, wie er meine letzten Worte flüsterte, alle zusammen, alle zusammen.

Es ist noch ein bisschen Zeit, sagte ich leise in sein Ohr und in der beginnenden Dämmerung sah ich, wie er lächelte. Dann drehte er sich weg von mir, als wollte er mit seinen Gedanken allein sein, und bald drehte auch ich mich zur Seite, um leichter in den Schlaf zu trudeln.

Zurückgeblieben, hieß es. Das sagte die Nachbarin aus dem Haus über der Straße, das sagte Onkel Rudi, auch die Frau vom Metzger sagte es, dann tätschelten sie den schmalen Kopf meines Bruders und sprachen mit Mama über den Wind und das Wetter. Es werde bald schlimmer werden, sagten sie, man sehe das doch kommen.

Wir müssen alle Opfer bringen, sagte die Metzgerin, kniff Hanno in die Wange, und als dieser zu weinen begann, holte sie ein Bonbon aus ihrer Kittelschürze. Die Nachbarin zog ihr Kopftuch zurecht, der Frühling war immer noch kalt, und dann deutete sie hinauf zu den Bergen, wo der Nordwind die Schneefahnen über die Gipfel flattern ließ. Der ganze Wirbel, sagte sie, der kommt über den Kamm von draußen herein. Der Wirbel und dieses ganze Geschrei. Man muss gut aufpassen, woher der Wind bläst, sagte die Metzgerin, steckte Hanno das Bonbon in den Mund.

Wenn ich durch das Dorf ging, die Hauptstraße hinunter, um im Laden einzukaufen, was Mutter mir aufgetragen hatte, oder um das Paar Schuhe abzuholen, das neu besohlt worden war, versuchte ich mit aller Kraft nicht daran zu denken, dass dies vielleicht das letzte Mal war. Das letzte Mal, dass ich quer über den Kirchplatz ging. Das letzte Mal am Dorfbrunnen vorbei. Oder dass ich das letzte Mal den Schusterladen betrat mit seinem Geruch nach Leder, Beize und Zigarettenrauch, der stundenlang an einem hängen blieb. Ich lenkte mich ab, indem ich die Menschen zählte, die die Straße überquerten, wobei ich weiblich und männlich gegeneinander aufrechnete. Aber als der Schuster, der mir die Schuhe über den Arbeitstisch hinschob, fragte, wie lange wir überhaupt noch da seien, hier in Mariendorf, war alles dahin. Vielleicht fahren wir auch nie, sagte ich.

Der Meister war ein mürrisch dreinblickender Mensch, vor dem ich mich fürchtete, seit ich das erste Mal in seinem Laden gewesen war. Er sah aus wie das Walross auf den Tierbildern, die im Gang unserer Schule hingen, und wenn er seine Pfeife aus dem Mund nahm, zeigte er unten seine langen gelben Zähne. Schon schoss mir der Gedanke durch den Kopf, dass ich dieses Gesicht nie mehr sehen würde, denn da, wo wir hingingen, gäbe es vielleicht keinen Schuster oder auf alle Fälle einen anderen. Ohne Schnauzbart, ohne Fragen, auf die ich keine Antwort wusste, und mit einem Gebiss, das einem keinen

Schrecken einjagte. Und für einen Augenblick war ich froh, dass es so sein könnte.

Es bestand kein eigentliches Verbot, von morgen zu reden oder davon, dass wir weggehen würden und Abschied nehmen mussten. Nicht so, wie es verboten war, jemandem einen Stein an den Kopf zu werfen oder in der Schule auf den Boden zu spucken. Es war auch nirgendwo aufgeschrieben wie die *Zehn Gebote*, die wir im Katechismusunterricht auswendig lernen mussten, oder wie das Gebet für den Duce. Vater aber wurde gleich ungeduldig, wenn ich am Mittagstisch laut überlegte, ob ich Kathrina in der Schule wiederfinden würde, da, wo wir hingingen. Er blickte erstaunt von seinem Teller auf, wurde laut und sagte, ich solle mich um meine Sachen kümmern, nicht um das, was mich nichts angehe. Meine einzigen Aufgaben seien die Schule und den Eltern zu helfen und zu gehorchen. Und wenn ich es wagte weiterzusprechen, hatte ich sofort eine kleben. Im Grunde konnte ich nur mit Kathrina über diese Sachen reden.

Wenn wir zusammen von der Schule nach Hause gingen, erzählte sie bereitwillig, worüber sie bei ihr redeten oder was sie alles hinten in der Metzgerei ihrer Eltern aufschnappte. Sie hätten alles schon verkauft, sagte sie, den Laden, ihre Wohnung im Parterre mit all den Möbeln und auch die Schlachträume im Hof, wo man den Schweinen und Kälbern die Kehle durchschnitt und die schweren Leiber zerteilte.

Im Juni wandern wir, sagte sie.

Wandern?, fragte ich.

So nennt man das, sagte sie, wenn man wegfährt in ein anderes Land.

Auswandern, sagte ich.

Nein, wandern, wiederholte sie und ließ ihre dünnen Zöpfe um die Nase fliegen. Sie hüpfte auf einem Bein über das Himmel-und-Hölle-Feld, das Kinder auf die Pflastersteine gezeichnet hatten.

Ich solle doch zum Bahnhof gehen, rief sie mir zu, und mich selbst überzeugen. Beinahe jeden Tag würden dort Wanderer auf den Zug warten, mit ihren Kindern, Koffern und Kisten. Sie würden auf den Bahnsteigen herumstehen und bei jedem Zug, der einfahre, glauben, dass es ihrer wäre. Wenn sie dann einstiegen, würden die Bahnbediensteten und Träger die schweren Kisten durch die Abteilfenster heben. Sie habe dies mit eigenen Augen gesehen, rief sie noch und hüpfte wieder in meine Richtung zurück.

Irgendwann wandern wir auch, sagte ich, ganz bestimmt.

Dann berichtete Kathrina, dass sie erst vor einigen Tagen mit ihrer Tante Frieda auf dem Bahnhof vorbeigeschaut hatte, um zu beobachten, wer an diesem Tag das Dorf verlasse. Sie hätten den Wanderern in den Waggons mit dem Taschentuch zugewinkt, als der Zug anfuhr.

Ein anderes Mal erzählte sie, dass ihre Wanderung in eine Stadt gehen würde, die sei hundertmal so groß wie unser Dorf. Böhmen, das sei der Name der Stadt, und dort warte man schon auf sie, auf sie und ihre Familie.

Und ein paar Tage später wusste sie es wieder anders. Ihre Mutter, meinte sie, als wir über die Stufen hinunter zum Ausgang der Schule sprangen, habe darauf bestanden, nach Vor-Adelberg zu gehen, weil so viele von hier dort hinwandern würden. Vor-Adelberg, so heiße das Ziel ihrer Wanderung. Dort gebe es einen See und große Läden und hohe Berge, genauso wie hier. Bestimmt würden sie ein neues Haus bekommen, mit einem Garten und einem Geschäft, wo sie Fleisch und Würste verkauften. Und einen Hund würden sie auch haben, einen Wachhund, einen Schäfer, der sie alle beschützte. Und wir würden wieder Nachbarn werden, wenn wir dann nachkämen. Vor-Adelberg, sagte sie, oder so ähnlich.

Oder Hinter-Adelberg, sagte ich, während wir um die Ecke beim Gemeindehaus bogen. Wir mussten beide lachen, und als Kathrina noch Unter-Adelberg einfiel, mussten wir stehen bleiben, weil wir uns vor Lachen fast in die Hose machten. Wir konnten nicht mehr aufhören, bis wir uns vor dem Metzgerladen ihrer Eltern trennten. Zu Hause fiel mir ein, dass ich keine Ahnung hatte, wo dieses Adelberg lag, vor uns oder hinter uns, im Osten oder im Westen, und meine Mutter wusste es sicher auch nicht. Vater fragte ich besser gar nicht.

Bald würde Hanno sechs werden, aber seine Beine waren immer noch zu dünn, um damit richtig zu gehen. Stehen konnte er gut, wenn er sich irgendwo festhielt, aber kaum ließ er los, um von der Ofenbank zum Tisch zu kommen, begann das Wackeln. Er machte drei, vier Schritte, dann knickte er ein, ließ sich zu Boden gleiten und hopste glucksend weiter. Er stieß sich mit den Händen ab, rutschte auf dem Hinterteil über die Dielen und gelangte so von der Stube in die Küche und von der Schlafkammer in die Stube. Dann krabbelte er auf einen Stuhl und strahlte von einem Ohr zum anderen, weil er glaubte, viel schneller gewesen zu sein als ich.

Außerhalb des Hauses trug ihn Vater manchmal auf den Schultern. Im Winter, bevor wir weggingen, zimmerte er nach der Arbeit im Keller einen kleinen Wagen aus Fichtenholz, mit vier Seitenwänden und einer beweglichen Deichsel. Ich durfte dabei zusehen und half mit, die Gummiräder unseres alten Kinderwagens abzumontieren und am Holzgefährt zu befestigen. An Heiligabend stand es als Geschenk unter dem Christbaum. Es sah aus wie eine Pferdekutsche, für ein Schaukelpferd gemacht, und Hanno kapierte gleich, dass sie für ihn war. Im Hof draußen half ich meinem Bruder, das Gefährt zu besteigen, und er machte es sich auf dem Boden bequem. Er streckte die Beine von sich und legte die Hände auf die Seitenwände, um sich festzuhalten. Hü, rief er, und wir fuhren eine Runde um die Bäume, dann im Schneematsch hinüber zur Metzgerei und wieder zurück vor unsere Haustür.

Jedes Mal, wenn man mich zum Einkaufen schickte, durfte er nun mit. An meiner Hand schaffte er es die Stiegen hinunter, dann nahm er Platz im Wagen, ich klemmte mir die Deichsel unter die Achsel und wartete auf seinen Befehl. Hü und hott, das verwechselte er kein einziges Mal.

Der Holzsteg, der über den Bach in den schwarzen Wald führte, schwankte ein bisschen, als wir Hanno in seiner Kutsche darüber zogen. Kathrina lenkte und ich achtete darauf, dass die Räder auf den zwei nebeneinandergelegten Brettern blieben.

Es waren nur noch ein paar Tage, bis ihre Familie wandern wollte. Der schwere Frühlingsschnee hatte einige der Fichten umgerissen, jetzt lagen sie quer über dem schmalen Pfad, der am Ende der Brücke weiterlief. Der Schnee war längst geschmolzen, aber niemand hatte die Bäume zur Seite geräumt. Viele Äste waren abgebrochen und die aus den Stämmen ragenden Stümpfe steckten wie Lanzen in der schlammigen Erde. Sie hinderten uns am Weiterkommen, wir hatten Mühe, Hannos Wagen zwischen all dem zersplitterten Holz durchzuziehen.

Kurz hinter der Brücke hatten wir bereits den Geruch wahrgenommen. Stinken, hatte Hanno behauptet, seinen Hals gereckt und in die Luft geschnuppert, aber

Kathrina und ich fanden, dass das, was aus dem Wald herauswehte, zwar ein übler Geruch war, aber kein Gestank. Es roch nach etwas Verdorbenem, Fauligem, was um uns herumwirbelte, sich plötzlich verzog und einige Schritte weiter vorne wieder da war. Altes Fleisch, sagte Kathrina, es riecht nach altem, verdorbenem Fleisch. Hanno hielt sich den Ärmel seines Pullovers über die Nase und drückte die Augen zu.

Kathrina hatte mir auf dem Weg das Neueste vom Weggehen und Wandern erzählt, alles, was sie wusste. Dass sie zu Hause auf gepackten Koffern und Kisten saßen, weil die Stühle schon alle verladen oder verschickt worden seien. Und dass sie ein einziges ihrer Betten nicht zerlegt hatten, weil sie in den kommenden Nächten noch darin schlafen müssten, alle zusammen. Ich lege mich in die Mitte, sagte Kathrina, damit mich niemand rausschubsen kann.

Kurz vor der Lichtung begann Hanno zu winseln, ähnlich wie der Hund der Nachbarn, wenn die große Kirchenglocke läutete. Es waren stockende, abgehackte Laute, ich ahnte, dass er gleich losplärren würde, und er zeigte zwischen den Bäumen hindurch Richtung Hang.

Der Gestank musste von dort kommen, das meinte auch Kathrina. Sie nickte mir zu, wir ließen Hanno auf dem Weg zurück und kletterten über den rutschigen Waldboden nach oben. Wir hielten uns an herunterhängenden Ästen fest und hangelten uns an Sträuchern und dünnen Baumstämmen weiter. Ein moosbewachsener

Findling versperrte uns fast den Weg, und noch bevor wir die Kuppe erreichten, hörten wir das Surren.

Dann standen wir vor dem riesigen Tier, das in der kleinen Senke hinter dem Findling lag, mitten in einer schwarzen Wolke von Fliegen. Sein Rücken drückte gegen den Stamm einer Fichte, die ausgestreckten Hinterläufe verschwanden unter den bis auf den Boden hängenden Ästen. Kathrina starrte mit aufgerissenen Augen auf den Kadaver und hielt sich Mund und Nase zu. Schnell suchte sie nach meiner Hand, als hätte sie Angst, dass sie plötzlich ausrutschen und in dieses Gemisch aus Schmutz und Fell und verwesendem Fleisch hineinstürzen könnte. Unten auf dem Pfad hörten wir Hanno nach uns schreien.

Was zum Teufel –, flüsterte Kathrina.

Ein Hirsch, sagte ich, ein alter Hirsch.

Man erkannte das am Geweih, am knorpeligen Horn mit den vielen Verzweigungen und Enden. Vor unseren Füßen lag der nach hinten gebogene Hals samt dem langen Schädel, die Zacken des Geweihs in den moosigen Untergrund gebohrt. Aber es gab nur eine Geweihstange, die zweite war nirgendwo zu sehen. Kathrina schüttelte heftig den Kopf und riss sich von mir los. Sie machte einige Schritte zurück und hielt sich an einer hoch aufgeschossenen Akazie fest, ohne die Augen von dem Kadaver zu lassen.

Das Fell des Tieres war an vielen Stellen aufgerissen, rotbraune Haarbüschel lagen weit verstreut, und wenn man darauf trat, blieben sie an den Schuhen kleben. Ich stellte mich zu Kathrina, aber auch dort stank es noch elendiglich. Trotzdem gingen wir um den Baumstamm herum, denn von der anderen Seite konnte man tief in den aufgebrochenen Bauch des Tieres hineinsehen, in die Höhlung mit dem bleichen Rippengerüst. Von dort quollen die Innereien heraus, die man nicht mehr recht unterscheiden konnte, und vermischten sich mit dem Waldboden, der dunklen Erde und dem feuchten Moos.

Kathrina schien Mut gefasst zu haben, sie beugte sich nach vorne, wie um den Schädel genauer zu betrachten. Das eine Auge war offen und sah uns unverwandt an, auch dann, als wir zurücktraten, um seinem Blick auszuweichen. Es war ein blankes, mattes Schwarz, und wenn man genauer hinsah, entdeckte man das Gewimmel der kleinen, weißen Maden, die sich zwischen den Augenrändern und den hervorstechenden Wimpern tummelten. Wir waren zusammen in die Knie gegangen, Kathrina zeigte mit dem Finger darauf. Fleischwürmer, sagte sie. Dann zuckte sie mit den Achseln, richtete sich wieder auf und wandte sich ab, als wäre das alles nichts Neues für sie.

Hanno schrie währenddessen die ganze Zeit nach uns, immer lauter und eindringlicher, und so stiegen wir zurück auf den Waldweg. Mein Bruder musste versucht haben, aus der Kutsche zu klettern, er lag mit verdrehtem Oberkörper auf dem Boden des Wagens, ein Bein halb über der Seitenwand hängend, trotzdem zeigte er stammelnd und fragend den Hang hinauf. Da war nur ein Sack, erklärte ich ihm, ein Sack voller Gerümpel, den jemand weggeworfen hat, sonst nichts.

Kathrina pflichtete mir bei. Altes, stinkendes Gerümpel, sagte sie, bestimmt war das ein Landstreicher. Oder einer von den Schwarzwäldlern. Sie setzte Hanno auf, fuhr mit der Hand in sein dünnes Haar und sagte zu ihm, dass er tapfer war, so lange allein im finsteren Wald zu warten. Er lachte kurz, wackelte mit dem Kopf, und als es endlich weiterging, gluckste er vor Vergnügen. Vor Kathrinas Elternhaus trennten wir uns, Hanno winkte ihr mit beiden Händen nach und hörte nicht mehr auf, auch dann nicht, als sie schon längst im Hinterhof der Metzgerei verschwunden war.

Am Abend im Bett fiel mir der Hirschkadaver wieder ein. Ich hatte kaum die Augen zugemacht, war das tote Tier schon da, in seiner ganzen Größe, mitten in unserem Zimmer, halb auf unserer Bettdecke und halb über Hannos Beine ausgebreitet. Alles so, wie wir es am Nachmittag gesehen hatten: Die Gedärme, die aus dem offenen Bauch hingen, der lange Schädel mit dem dunklen Auge, das mich anstarrte, und die eine Geweihstange, die über den Rand des Bettes bis auf den Teppich ragte. Sie war mehrfach verzweigt und hatte mindestens sieben Enden, das konnte ich trotz der Dunkelheit sehen. Wenn ich meine Hand ausgestreckt hätte, wäre es ein Leichtes gewesen, sie näher heranzuziehen und das knubbelige Horn mit den Fingern zu ertasten.

Der verwesende Körper schien noch übler zu stinken als am Nachmittag im Wald, und plötzlich hatte ich Angst davor, diesen Geruch nicht mehr loszuwerden. Ich kannte das, Gerüche konnten sich an den Innenwänden der Nase festsetzen und tief in die Riechöffnungen eindringen. Ich musste irgendwie unter dem Gestank hindurchtauchen, ihn überdecken, aber ich hatte keine Ahnung, wie ich das anstellen sollte. Ich steckte meinen Kopf unter das Federbett und sog den Geruch des verschwitzten Leintuchs tief in meine Nüstern, aber als ich wieder auftauchte, war es kaum besser.

Das Bild des toten Tieres hatte sich zwar verflüchtigt, aber der Verwesungsgestank war noch da und durch nichts zu vertreiben. Er schien genauso hartnäckig zu sein wie meine Gedanken ans Weggehen, und wenn ich nicht aufpasste, konnte es passieren, dass sie zu ein und demselben wurden, der stinkende Hirsch und der Abschied vom Dorf.

Lange konnte es nicht mehr dauern, eine Woche, einen Monat vielleicht. Manche Dinge gingen stets schneller, als man dachte. In ein paar Tagen wäre Kathrina schon nicht mehr hier, und dann hatte ich niemanden mehr, mit dem ich über die wichtigen Sachen reden konnte, über das, was hier passierte, über Abschiede und komische Träume.

Freitag in einer Woche, sagte Vater, als wir beim Abendessen saßen, und legte seinen Löffel zur Seite. Wir haben jetzt lange genug gewartet, und mit dem Transport werden wir es machen wie der Schneider und unsere Nachbarn. Es gehen ja fast alle hier, und unsere Papiere sind auch beisammen. Er strich mit Daumen und Zeigefinger über sein Bärtchen und drehte sich zu mir. Draußen im Reich, sagte er, wirst du endlich eine deutsche Schule besuchen, mit deutschen Lehrern und deutschen Büchern und deutschen Heften. Und deutschen Bänken, antwortete ich in Gedanken und hoffte, dass man dort nicht so eingezwängt saß wie bei uns.

Draußen im Reich, hatte Vater gesagt. Aber das würde dann doch wieder bei uns sein, schoss mir durch den Kopf. Überall, wo wir waren, war bei uns. Hier in unserer Wohnung, in Vor-Adelberg, im Deutschen Reich und sogar in Afrika. Das war eine eigenartige Vorstellung. Wir konnten gehen, wohin wir wollten, immer waren wir bei uns. Und wenn das für unsere Familie galt, für meine Eltern, Hanno und mich, so galt es auch für Kathrina, für die Ihren, für alle.

Aber vielleicht stimmte gar nicht, wie ich es mir dachte, wer weiß, und es war nichts als ein verunglückter Gedanke, der nirgendwohin führte. Gerne hätte ich mit Kathrina darüber geredet, ob es richtig und logisch war, was mir im Kopf herumging, aber sie war ja nicht mehr hier, nicht mehr bei uns.

Ich auch weggehen, hörte ich Hanno stottern, und Schule.

Der ist mit seinem Schädel mal wieder ganz woanders, sagte Vater zu mir, hast du überhaupt zugehört? Dann gab er mir einen harten Klaps auf den Hinterkopf.

Ja, Vater, beeilte ich mich zu sagen, deutsche Buchstaben und deutsche Ziffern und deutsche Hefte.

Viel würden wir nicht mitnehmen können. Meine Eltern machten eine Liste der Sachen für die Zugfahrt. Und eine zweite mit den Dingen, die nicht in einen Koffer passten, mit all den Möbeln und größeren Gegenständen, die ein Transportunternehmen nachliefern würde.

Ich stapelte meine paar Schulsachen auf dem Küchentisch. Das Buch mit dem Duce auf dem Umschlag und den *Giovinezza*-Liedern aber könne ich ruhig in den Bach werfen, sagte Vater, besser heute als morgen, und die italienischen Hefte verstehe draußen eh keiner.

Wo draußen?, sagte ich.

Da, wo sie uns hinschicken, sagte Vater.

Nach Vor-Adelberg?

Vater zuckte mit den Achseln, wahrscheinlich wusste er es selbst nicht.

An dem kleinen Bach, der durch das Dorf rann, gab es keine Stelle, wo ein Buch einfach so verschwinden würde. Auch nicht unter der Brücke, die in den Wald führte. Mein Buch würde ein Stück vom Wasser weitergetragen werden, stellte ich mir vor, und dann irgendwo an einem Stein hängen bleiben, wo alle es sehen könnten.

Ich wartete, bis ich nach der letzten Unterrichtsstunde allein im Klassenzimmer war, und legte das Buch in das Regal neben der Tafel. Der Duce sah mir von oben zu, von seinem großen, farbigen Plakat aus, vor dem wir uns zweimal täglich aufstellen mussten. Das Bild hatte unser Lehrer nach den Weihnachtsferien mitgebracht und vor unseren Augen mit Reißzwecken befestigt und am Morgen grüßte er zuerst den Duce, der fast bis hinauf zur Zimmerdecke ragte, und dann waren wir dran. Das Kind, das der Duce im Arm hielt, trug ein schwarzes Hemd und hatte den rechten Arm zum Gruß erhoben, so wie wir es machen mussten.

In der großen Pause an diesem Tag hatte Kathrina behauptet, dass das überhaupt nicht der Sohn des Duce war, sondern ein beliebiger Bub, nur damit es so aussehe, als ob er Kinder mochte; der Duce habe gar keine Kinder, aber niemand aus unserer Klasse hatte ihr geglaubt.

Der Lehrer würde mein Buch am nächsten Morgen finden und fragen, wem es gehöre. Und wenn sich niemand meldete, würde er es in die Schublade legen, wo die Schönschreibhefte gestapelt waren, die Kreiden und die Buchstabenbilder.

Aber auf einmal fiel mir ein, dass das nicht irgendein Schulbuch war. Es war ein Geschenk des Lehrers gewesen, vielleicht auch der Schule oder der Partei, und deshalb gehörte es mir. Es trug meine Fingerabdrücke auf dem Umschlag und auf allen Seiten, und die Schmutzflecken auf der Doppelseite, auf der die Geschichte der *Balilla* erzählt wurde, waren der Ungeschicktheit meines Bruders zu verdanken. Außerdem war es das einzige Buch, das ich besaß. Sonst gab es nichts, was ich mitnehmen konnte, wenn wir wanderten. Außer das Taschenmesser mit dem Holzgriff, das Sackmesser, das ich letztes Weihnachten bekommen hatte. Die Erinnerungen zählte ich nicht mit, die Erinnerungen, von denen Kathrina gemeint hatte, dass man sie überallhin mitnehmen konnte, wenn sie nicht vorher verblassten. Denn sie waren bloß Gedanken und die gehörten einem nicht wirklich.

Ich würde das Buch einfach unter meinem Pullover verstecken, im Hosenbund, und dort, wo wir hingingen, ins Nachtkästchen legen, abends im Bett könnte ich es herausholen und darin lesen. Ich würde Hanno die farbigen Bilder und Zeichnungen zeigen und ihn fragen, was dieses und jenes sei. Die Buchstaben mit ihren dicken Bäuchen und langen Schlingen – wir würden über ihre komische Gestalt lachen und irgendwann würde mein kleiner Bruder es vielleicht schaffen, das A von dem O in seinem Namen zu unterscheiden.

Und wenn Vater das Buch entdeckte? Wahrscheinlich würde es in weitem Bogen in den nächsten Bach fliegen oder in den Adelberger See oder vielleicht in eine Jauchegrube an dem Ort, in dem wir landeten.

Als im Gebäude eine Tür zufiel, erschrak ich und steckte das Buch wieder zurück in meinen Schulranzen. Ich beeilte mich, aus der Klasse zu kommen, und während ich die Tür zuzog, hatte ich den Eindruck, dass mir der Duce von dem Plakat herunter zulächelte. Über sein viereckiges Kinn huschte ein Lichtstrahl. Draußen auf dem Gang fragte mich der Lehrer, was ich so spät noch hier machte. Ich murmelte eine Entschuldigung und dass ich meine Griffelschachtel die ganze Zeit gesucht hatte, dann war ich schon auf dem Dorfplatz. Es war schade, dass ich Kathrina nicht mehr fragen konnte, was sie alles mitgenommen hatte, um im Reich noch eine Ahnung davon zu haben, woher wir gekommen waren.

Zwei Tage, bevor sie und ihre Familie wanderten, hatten wir uns abends noch getroffen und waren durch die Straßen des Dorfes geschlendert. Kathrina erzählte von den ausgeräumten Zimmern zu Hause, und wir überlegten uns, wie die Schulen und Klassenräume im Reich wohl aussehen würden, dabei war sie immer wieder stehen geblieben und hatte sich umgeschaut.

Was ist?, fragte ich.

Ich denke nach, sagte sie, ob man all die Häuser, die Stadel und die Kirche nicht auch an einen anderen Ort mitnehmen könnte. Zerlegen, einpacken und wegbringen. Verstehst du?

Du spinnst, sagte ich.

Auf der Anhöhe hinter der Kirche, von der man bis zu den letzten Häusern des Dorfes sehen konnte, dorthin, wo die Felder der Bauern begannen und die ersten schwarzen Waldstücke in die Wiesen leckten, machten wir eine letzte Rast. Es dämmerte schon und Kathrina lehnte sich an die Mauer des Wasserhäuschens, dem Eingang zum Wasserreservoir. Sie sagte, sie werde jetzt so lange auf Mariendorf hinuntersehen, bis sie jede Gasse, jeden Hauseingang und jedes Fenster in ihren Kopf hineingezeichnet habe.

Ich stellte mich neben sie und folgte ihren Blicken, und auf diese Weise wanderten wir zusammen vom Bahnhof am Rand des Ortes über die Hauptstraße zurück zum Kirchplatz und dann hinein in die Gassen und Wege. Von oben sah alles so klein aus, dass mir der Gedanke vom Einpacken gar nicht mehr so sonderbar erschien.

Hinter Kathrinas Wohnhaus schoss der rotbraune Giebel des Gebäudes in die Höhe, in dem wir wohnten. Es war ein altes Haus, das auch aus der Ferne noch aussah, als wäre es immer schon dagewesen. Bestimmt hatte es über hundert Jahre Vaters Familie gehört, seinen Eltern und Großeltern und deren Ahnen. Von hier oben sah man sogar die Bäume im Vorgarten, auch die Rosskastanie, die mein Großvater am Tag seiner Hochzeit gepflanzt hatte. Sie verdeckte die halbe Vorderfront und seit Langem schon hatte Vater überlegt, sie zu fällen, weil sie uns das Licht wegnahm, aber Onkel

Rudi, Vaters Bruder, der mit seiner Familie im Stock über uns wohnte, war immer dagegen gewesen.

Nicht weit entfernt begannen die Felder und Kartoffeläcker, und als wir im Kopf dort ankamen, war es beinahe dunkel geworden und Kathrina war zufrieden. Jetzt könne sie jederzeit durch das Dorf spazieren, sagte sie, egal, wo sie sei, sie bräuchte nur die Augen zu schließen und schon sei sie an der Ecke, wo der Brunnen stehe und die Bahnhofstraße vom Dorfplatz abzweige.

Und wenn mir langweilig ist, dann klopfe ich an euer Fenster, damit du herausschaust und mit mir sprichst.

So machen wir's, sagte ich.

Schwör!, sagte sie.

Ich legte drei Finger auf meine Brust, da, wo mein Herz war, dann setzten wir uns auf die Steinmauer, die den Hügel begrenzte. Kathrina nahm meine andere Hand, die linke, bog meine Finger auf und inspizierte die Linien auf der Handfläche. Das ist die Lebenslinie, sagte sie und streifte mit der Fingerkuppe über meine Haut, dass es kitzelte. Von zwei rötlichen Einkerbungen an der Handwurzel, die sich überkreuzten, behauptete sie, das sei ein Zeichen. Ein Zeichen, dass wir uns irgendwann wiedersehen würden.

Woher weißt du das alles?, fragte ich.

Von den Normannen, sagte sie, sprang auf und lief die Kuppe hinunter, von diesen Normannen, oder wie die heißen. Ich nahm die Beine in die Hand und hatte Mühe, ihr nachzukommen. Aber noch bevor ich sie eingeholt hatte, fiel mir ein, dass sie wohl vergeblich an unser Fenster klopfen würde, weil wir ja nicht mehr da sein würden.

Der Tag, an dem wir wirklich wanderten, war ein heller Sommertag. Vater mit seinen weißen Kniestrümpfen schritt voran, er pfiff vor sich hin und trug unseren großen Koffer auf der rechten Schulter. In der linken Hand schwenkte er den kleinen braunen mit dem Ledergurt. Dann kam ich mit meinem Leinenrucksack, der vollgestopft war mit Kleidungsstücken und Proviant für die Reise. Wir überquerten den gepflasterten Dorfplatz und ich wunderte mich, dass kaum jemand zu sehen war. Nur ein paar Hühner pickten nach Essbarem in den Fugen zwischen den Steinen und ließen sich von unserer Wanderung nicht beirren. Ich musste große Schritte machen, es war nicht leicht, mit Vaters Tempo mitzuhalten. Zwischendurch blickte ich über meine Schulter zu Mutter und Hanno zurück, die immer weiter zurückfielen, je näher wir dem Bahnhof kamen. Sie waren viel langsamer als wir, ein paarmal blieb Mama stehen und ließ Hanno von ihren Armen zu Boden gleiten, wahrscheinlich war er ihr zu schwer geworden. An der Ecke, wo es zur Schule ging, verlor ich sie schließlich ganz aus den Augen.

Mama hatte schon am Morgen müde ausgesehen und Vater hatte sie immer wieder zur Eile antreiben müssen. Aber das war nichts Neues, seit ein paar

Wochen schon hatte etwas von ihr Besitz ergriffen, eine Langsamkeit, eine Teilnahmslosigkeit, die ich nicht von ihr kannte. Sie war stiller geworden, und wenn Vater beim Mittagessen davon schwärmte, dass wir jetzt richtige Deutsche würden, nickte sie nur und stand wortlos auf, um die Teller wegzuräumen, etwas aus den Schränken zu holen oder mit dem Tischgebet zu beginnen.

In den letzten Tagen hatte sie unsere Sachen zusammengepackt, die Kleidung, Bettwäsche und das Kochgeschirr, alles, was wir im Zug mitnehmen konnten, und wenn ich sie etwas fragte, schrak sie aus ihren Gedanken auf und wusste nicht, was sie antworten sollte. Öfters hatte ich sie reglos am Schlafzimmerfenster stehen sehen oder mitten in der Küche mit irgendwelchen Geräten in der Hand, wo sie einfach vor sich hin starrte. Dann plötzlich ging ein Ruck durch ihren Körper, als würde ihr mit einem Mal bewusst werden, was sie eigentlich tun wollte, sie schüttelte den Kopf, wischte sich über die Augen und lachte ihr leises, in sich gekehrtes Lachen. Es wird schön werden, da draußen, sagte sie zu mir, du wirst sehen.

Vater kümmerte sich nicht darum, ob wir hinterherkamen. Er bog mit Schwung in die Seitenstraße ein, wo man schon von Weitem den Bahnhof und die Gleise sehen konnte, aber ich wollte warten, bis Mama und Hanno wieder auftauchten. Ich setzte mich auf die

Stufen eines Hauseingangs und überlegte, ob ich zurücklaufen sollte. Da fiel mir ein, dass dies das allerletzte Mal sein könnte, dass meine Schuhe, meine Füße dieses Pflaster berührten, diesen Boden, über den ich Hunderte Male in meinem Leben gegangen war, ohne etwas Besonderes zu denken. Die Bodenbretter im Kaufladen, die ausgetretenen Steinfliesen hinauf zur Kirche, den festgestampften Boden vor Kathrinas Metzgerei, all das würde ich vielleicht nie mehr betreten. Keiner von uns, ich nicht, meine Eltern nicht und Hanno auch nicht.

Jetzt kam Mama mit rotem Gesicht daher, ihre Haare hatten sich gelöst, und Hanno hing mit pendelnden Armen schlaff über ihrer Schulter, als ob er schliefe. Vielleicht hatte er einen seiner Anfälle bekommen und sie hatte ihn erst beruhigen müssen. Das passierte vor allem, wenn es eilig war oder alles durcheinanderlief.

An dem Frühlingstag, als der Sturm die Fichte an der Straße entwurzelt und ihren Wipfel gegen unser Haus gedrückt hatte, war es genau so gewesen. Es hatte furchtbar gekracht, die Scheiben der Küchenfenster waren in tausend Stücke zerbrochen und von einer Sekunde auf die andere hatte mein kleiner Bruder zu zucken begonnen. Seine Beine zuckten, seine Arme zuckten, seine Augen drehten sich nach innen, und man musste aufpassen, dass er sich nicht an seiner Zunge verschluckte. Zurückgeblieben eben.

An diesem Morgen aber wäre ich auch gerne zurückgeblieben, hier in Mariendorf, und nicht zum

Bahnhof gerannt, um alles hinter mir zu lassen und ins ferne Deutsche Reich zu fahren. Das schoss mir durch den Kopf auf den Stufen dieses Hauseingangs, während Vater vorne davonlief und Hanno und Mutter nirgendwo zu sehen waren. Es wäre ganz einfach gewesen, wir hätten nur Nein sagen, uns ein Herz fassen und umdrehen müssen, zurück in die Wohnung gehen, wo die Matratzen und die Sitzfläche der Eckbank noch warm waren. Aber als wir dann alle im Waggon saßen, mitten unter Leuten, die ebenfalls wanderten, und Mutter Bekannte von früher traf, die sich zu uns gesellten, da war dieser Gedanke schon wieder weg.

II

Der Himmel über der breiten Straße war in flatterndes Rot getaucht, und wenn man unter den Fahnen dahinging, klang es fast wie vor einem Gewitter, wenn der Sturm die Äste der Rosskastanie gegen die Dachrinne unseres Hauses peitschte. Ein Fahnenmeer, so nannte es Vater mit blitzenden Augen.

Das ist ein einziges Fahnenmeer, sagte er.

Wir schritten durch dieses Innsbrucker Meer, Vater mit Hanno auf der Schulter, Mutter bei ihm eingehakt und ich an ihrer Seite. Überall war Musik und als Wind aufkam, trug er die Melodien über die Dächer hinaus bis in die Berge, die steil hinter den Häusern aufragten. Die wehenden Fahnen waren wie Wellen, die uns mitnahmen und vorwärtstrieben, vom Bahnhofshotel hinein in die Stadt, von der Meldebehörde zum Krankenhaus und von den Gassen hinaus ins Grüne, zum Hofgarten, wo Bäume waren, Bänke und Sonnenlicht.

Wir hatten ein Zimmer bekommen, in diesem Hotel in der Nähe des Bahnhofs, das für diejenigen reserviert war, die mit dem Zug ankamen. Hier mussten wir abwarten, wie es weiterging, warten, bis wir wussten, wo wir schlussendlich landen würden. Vater war jeden Tag unterwegs, um Papiere zu besorgen, um Papiere abzugeben oder diese zu unterschreiben, und wir mussten uns anstellen, um uns begutachten zu lassen oder von einem Arzt untersucht zu werden. Mama sagte, wir müssten die Augen zumachen, Hanno und ich, als sie sich nackt auszog.

Nach der Untersuchung wurden wir noch einmal zurückbeordert, in ein Nebenzimmer, wo ein Uniformierter hinter einem Schreibtisch saß und mit einem Blick auf Hanno meinte, man müsse einiges noch genauer anschauen. Wir sollten uns in drei Tagen im Krankenhaus einfinden.

Manchmal, wenn auch Vater Zeit hatte, hieß es, jetzt genießen wir das Stadtleben, auch wenn man uns hier Hungerleider nannte. In der Theresiastraße mit ihren Fahnen und hohen Giebeln sahen wir den Aufmärschen zu, und Hanno klatschte vor Begeisterung in die Hände, wenn die Musik vorüberzog und der Gleichschritt der Stiefel den Rhythmus vorgab. Vater verkündete eines Abends in unserem Zimmer, dass bald auch er mitmarschieren würde. Er saß auf dem Bett neben Mutter und sortierte sein Rasierzeug auf der Decke, dann richtete er sich auf und sagte, er sei jetzt ein Soldat. In drei Wochen müsse er einrücken, weil es seine Pflicht sei, und es könne nicht lange dauern, bis er wieder zu uns zurückkehre. Das geht alles ruckzuck, sagte er, bei unserer Überlegenheit, und Mama nickte bloß. Sie warf Hanno und mir einen raschen Blick zu, während Vater laut überlegte, welche Uniform er bekommen würde, welche Abzeichen und wo sein Regiment stationiert sei.

In der Nacht hörte ich die beiden flüstern, Vater und Mutter, die ganze lange Zeit, bis ich einschlief. Zwischendurch klangen ihre Stimmen erregt, ich spitzte die Ohren, aber ich konnte kaum etwas verstehen. Nur hin und wieder ein paar Worte, wenn Vater von den Siegen sprach.

Die großen Siege, die wir erringen werden, sagte er, und es klang wie bei den Aufmärschen in der Theresiastraße. Später war noch die Rede von einem Spaziergang, einem Spaziergang durch die Länder, und von einem Marsch, einem Durchmarsch, aber das sagte mir alles nichts. Du wirst sehen, sprach er halblaut zu Mutter, du wirst sehen.

Mitten in der Nacht wachte ich auf, es waren Geschrei und Gepolter zu hören, aber dann wurde mir klar, dass es von draußen kam, vom Gang oder aus einem benachbarten Raum. In unserem Zimmer schliefen alle fest, Hanno an meine Schulter gekuschelt, Vater hörte ich schnarchen und Mutter sich umdrehen, und allmählich ebbte auch der Lärm wieder ab.

Nur ein Geruch war plötzlich in meiner Nase und mir kam der tote Hirsch aus unserem schwarzen Wald wieder in den Kopf. Bestimmt war jetzt noch weniger von ihm übrig als die Reste, die wir damals begutachtet hatten. Der Waldboden würde sie mit der Zeit in sich aufnehmen, so stellte ich mir das vor, das verfaulende Fleisch würde zu fetter Erde werden, die Fellbüschel würde der Wind davontragen. Und die bleichen Knochen würden irgendwann in der Sonne und im Regen zerfallen und nach einigen Monaten würde es unmöglich sein, sie noch von einem Steinchen oder einem Erdklumpen zu unterscheiden. Einzig die Geweihstange würde ganz bleiben, sie war zu hart, um jemals zu vermodern und zu Erde zu werden. Wenn sie jemand fand, konnte er daraus Knöpfe schneiden oder Griffe für Messer und Dolche.

Jetzt bereute ich, dass wir sie einfach zurückgelassen und nicht versucht hatten, sie vom Schädel zu trennen. Ich hätte sie hier gut gebrauchen können, in diesem Deutschen Reich, zu dem wir jetzt gehörten, als Erinnerung an Kathrina, an den schwarzen Wald und unser Zuhause.

Als ich mich auf die Seite drehte, kam ein Grunzen vom Elternbett her, und im Halbdunkel nahm ich eine Bewegung wahr, ein Zappeln und Stoßen, als ob sich jemand unter der Decke aufbäumte. Gleich aber war es wieder ruhig. Nur Hannos langsame Atemzüge an meinem Ohr, Vaters Schnarchen und ein leises Quietschen, vielleicht von den Gleisen des nahen Bahnhofs her. Allmählich ging Vaters Sägen in ein leises Röhren über, in ein Geräusch, das ich von früher kannte, von den Frühlingsabenden in Mariendorf, wenn es der

Wind durchs offene Fenster hereintrug. So waren wir oft in den Schlaf geglitten, Hanno und ich, umgeben von den Stimmen des Waldes und mit dem Duft der jungen Fichtensprossen in der Nase. Dort aber hatte mir niemand gesagt, dass wir einmal zusammen in einem stinkenden Innsbrucker Hotelzimmer liegen und nicht mehr wissen würden, wie es weiterging.

Als ich mich aufsetzte und die Augen öffnete, weil der Geruch immer penetranter wurde, bemerkte ich, wie sich eine Silhouette von der elterlichen Bettdecke erhob. Sie sah aus wie der mächtige, schmale Körper eines Tieres; ein Hirsch vielleicht oder ein Rentier, so kam es mir vor, ein Wesen, das behutsam vom Bett auf den Holzboden stieg, einen Lauf nach dem anderen aufsetzte, sich schüttelte und dann an meinem Bett vorbeitrabte. Es schnaubte, als es an der Kommode anstreifte, und stieß warme, stinkende Atemluft durch die Nüstern, über die Bettdecke, unter der Hanno und ich lagen. Dann war es wieder still. Eine Tür ging auf, eine Tür ging zu, und plötzlich war Licht draußen auf dem Gang, das einen Schein in unser Zimmer warf. Mutter musste auch wach geworden sein, im Dunkeln hörte ich sie meinen Namen flüstern. Es ist nichts, sagte sie, schlaf weiter. Schlaf ruhig weiter.

Die Ärzte wollten Hanno untersuchen, auf Haut und Knochen, wie Vater es nannte. Wir waren ins Krankenhaus bestellt worden, in das große Universitätsspital, das mitten in der Stadt lag, und am Tag zuvor musste mein Bruder von oben bis unten gewaschen werden.

Hanno hatte noch mit großen Augen zugeschaut, wie Mutter die Blechwanne mit warmem Wasser füllte, aber als sie ihm das Leibchen ausziehen wollte, drückte er sich von ihr weg. Gleich würde er wieder mit dem Theater beginnen, das er jedes Mal aufführte, wenn es ans Waschen ging. Du willst doch kein Stinker sein, half ich Mutter, aber er schüttelte nur widerwillig den Kopf und wehrte sich mit beiden Händen. Als das heiße Wasser über seinen Kopf rann, heulte er erschreckt auf. Sei jetzt ruhig, verdammter Bub!, fuhr Mama ihn an.

Er bibberte und zitterte die ganze Zeit so, als würde er frieren, erst, als er fertig war und in sauberer Wäsche auf unserer Bettdecke saß, beruhigte er sich langsam. Er sehe jetzt aus wie ein frisch gewaschener Hund, sagte ich zu ihm, er nickte, patschte mit den Händen auf die Decke und seine Augen begannen zu strahlen.

Mama hatte sich im Hotel einen Kinderwagen ausgeliehen, damit sie Hanno nicht die ganze Strecke tragen musste. Im Krankenhaus wartete man schon auf uns. Ich durfte nicht mit in den Untersuchungsraum und vertrieb mir die Zeit damit, die Umgebung zu inspizieren und die langen Gänge auf und ab zu schreiten. Von den Uniformierten in der Theresiastraße hatte ich mir abgeschaut, wie man in einer Kolonne marschierte, und die endlosen, glatten Gänge des Krankenhauses waren der beste Übungsplatz, den man sich denken konnte.

Ich hielt mich gerade und schleuderte meine Beine nach vorne, am Stiegenabsatz angekommen zählte ich eins, zwei und kehrte wieder um. Die Krankenschwestern, die an mir vorbeiliefen, schauten mir lächelnd zu und ermunterten mich weiterzumachen. Der wird mal ein guter Soldat, sagten sie und strichen mir über die Haare.

Als ich müde wurde, setzte ich mich auf die Bank vor dem Untersuchungszimmer und beobachtete die Helfer, die die Kranken herumschoben und sich dann am Fenster zusammenstellten und rauchten. Sie trugen weiße Kittel, zeigten auf die Berge und redeten vom Skifahren und von den Mädchen, mit denen sie über die Hänge wedeln würden. Im Vorbeigehen fragte mich einer, ob ich auch Ski fahre. Nein, sagte ich und schüttelte den Kopf.

Es ist ganz leicht, sagte er laut auflachend und mit einem Blick zu seinen Kameraden. Man muss sich nur hinstellen, die Augen zumachen und abwärts geht's dann von selbst. Die zwei, die mit ihm am Fenster standen, lachten mit.

Als meine Mutter das Untersuchungszimmer verließ, war sie allein. Sie kauerte sich neben mich, beugte sich nach vorne und legte ihr Gesicht in beide Hände.

Wir werden ihn hierlassen müssen, sagte sie aufblickend.

Hier im Spital?, fragte ich.

Nein, nicht hier. Wir bringen ihn in ein Heim, wo sie sich um ihn kümmern. Es soll ganz in der Nähe sein.

Damit er richtig gehen lernt?

Genau, sagte sie und strich mir über die Wange.

Und richtig sprechen, so wie wir, sagte ich.

Mama legte den Kopf wieder in die Hände und meinte, die Ärzte hätten gesagt, es sei besser für ihn.

Dann werden wir Ski fahren lernen, Hanno und ich, sobald es ihm besser geht, sagte ich. Wir werden uns ganz oben auf den weiß glitzernden Abhang hinstellen, die Augen zumachen, uns abstoßen und dann sausen wir dahin.

Ich dachte an den sanften Wiesenhang, der am Rand des Dorfes anstieg und die breite Flanke eines sonst bewaldeten Hügels bildete, aber dann fiel mir ein, dass wir ja nicht mehr in Mariendorf wohnten. Wir waren gewandert, alle zusammen. Aber bestimmt gab es Hügel und Schnee auch dort, wo wir hingingen.

Mama atmete neben mir tief durch. Nach einiger Zeit öffnete sich die Tür zum Untersuchungsraum und Hanno kam heraus. Er saß auf einem Stuhl mit vier Rädern und hielt sich mit beiden Händen an den Armlehnen fest, wie ein König auf seinem Thron. Es war einer der Skifahrer, der den Stuhl in unsere Richtung schob, und als er vor Mama haltmachte, zog sie Hanno an sich und nahm ihn auf den Arm. Gemeinsam gingen wir die Treppe hinunter und durch die langen Gänge zum Ausgang. Den Kinderwagen musste ich schieben, Mama hielt Hanno fest, bis wir in unserem Zimmer im Bahnhofshotel ankamen.

Vater schaute kurz auf, verzog aber kaum eine Miene, als wir ihm erzählten, dass wir Hanno in ein Heim bringen sollten. Dass wir ohne ihn weitermussten, weil er hier unterhalb der hohen Berge sprechen und laufen lernen würde. Vater ordnete schweigend die Papiere, die wir mitbekommen hatten, dann stellte er sich vor den Spiegel, um seine Haare zu kämmen und die neue Jacke mit dem Abzeichen zu probieren. Er ging quer durchs Zimmer, nahm seinen Hut und wir hörten, wie er pfeifend die Stiegen hinunterhüpfte.

Am nächsten Morgen erzählte er, dass er sich erkundigt hatte. Dass es ein Kinderheim war nur einige Kilometer von hier, mit vielen Schwestern, die sich um nichts anderes als Buben und Mädchen wie Hanno kümmerten. Um arme Kinder, sagte er. Und dass es Josef hieß, das Heim, genauso wie er, nur mit einem Sankt davor. Das sei ein gutes Zeichen und es sei für alle besser, wenn Hanno hierbleibe, zumindest eine Zeit lang. Was das heiße, eine Zeit lang, fragte Mutter.

Ein paar Wochen, sagte Vater, einen Monat vielleicht.

Die Sonne brannte vom Himmel und warf scharf umrandete Schatten auf die Straßen und Gehwege, als wir Hanno in sein Heim brachten. Seit dem Aufstehen hatten sich Mamas Bewegungen verlangsamt, den ganzen Vormittag über saß sie im Zimmer herum oder wühlte in unseren Koffern, nur um die herausgezogenen Sachen gleich wieder zurückzulegen. Irgendwann aber schlug sie die Deckel zu und herrschte uns an, Hanno und mich, warum wir so herumtrödelten. Wir saßen auf dem Bett und hatten angefangen, die Länge unserer Finger und Zehen zu vergleichen, weil die Zeit nicht vergehen wollte. In Gottes Namen, sagte Mama, während sie Hanno die Schuhe band, in Gottes Namen, dann fahren wir.

Die Straßenbahn mit der Nummer vier stand schon fahrbereit auf den Schienen und trug uns aus der Stadt hinaus, an Feldern vorbei, auf denen Pferdefuhrwerke zu sehen waren, Heuwagen und bisweilen auch magere Kühe, die davor gespannt waren. Hanno saß auf Mutters Schoß und schaute aus dem Fenster, hinter dem die Landschaft vorbeiratterte. Er zeigte auf alles, was ihm in den Blick kam, die Bäume, Fuhrwerke, Menschen, und es schien kein einziges Tier zu geben, das er übersah. Da, schrie er, und da, jedes Pferd, jede Kuh ließen ihn begeistert ausrufen. Mama versuchte ihn zu beruhigen und legte ihm den Zeigefinger auf den Mund. Wenn die Bahn anhielt, um Passagiere aussteigen zu lassen, strichen ihm die Vorbeigehenden über den Kopf und lächelten Mutter kopfnickend zu.

Dann kam unsere Station. Von dort mussten wir lange zu Fuß gehen, währenddessen Mutter sich einige Male nach dem Heim des heiligen Josef erkundigte. Dazwischen erklärte sie Hanno, dass er ein bisschen in dem Haus bleiben musste, das wir suchten. Ein paar

Tage, sagte sie und schärfte ihm ein, dass er brav sein und gehorchen sollte, wenn etwas angeordnet wurde. Sie erzählte ihm auch, dass viele Kinder dort waren, mit denen er spielen könne, Buben und Mädchen, die genauso seien wie er.

Einmal setzte sie ihn in das frisch gemähte Gras am Straßenrand und dann sah man auch schon das große helle Haus hinter den Bäumen. Sie zeigte darauf, wir folgten ihrer Handbewegung, aber sogleich wurde Hannos Aufmerksamkeit von einem schimmernden Käfer angezogen, der über Mamas Rocksaum krabbelte. Er hatte braune Deckflügel und zwei lange Beißzangen auf dem Kopf. Hanno schob die Hand so unter dessen Körper, dass der Käfer über seine Handfläche kletterte und dann über die ausgestreckten Finger auf Mamas Schulter. Dort verharrte das Tier, drehte sich und richtete sich auf, als würde es eine Witterung aufnehmen. Ich hatte noch nie so einen riesigen Käfer gesehen. Mama schrie auf, als sie ihn plötzlich auf ihrer Bluse entdeckte. Sie zuckte so heftig, dass er ins Gras plumpste und auf dem Rücken liegen blieb. Hanno und ich mussten lachen, wie er mit den Füßchen minutenlang in die Luft strampelte und erst auf die Beine kam, als wir ihn mit dem Finger anstupsten.

Eine Schwester mit weißer Haube nahm uns hinter der Pforte in Empfang. Sie nannte Hanno Bubele, komm mit, mein Bubele, sagte sie und zog ihn auf der Stelle mit sich. Sie schleppte ihn durch den hohen, luftigen Empfangsraum und dann die Stufen hinunter, wo ein langer Gang mitten in den dämmrigen Bauch des Gebäudes hineinführte.

Mama musste am Empfangstresen etwas unterschreiben, sie beugte sich über die Blätter, die man ihr gereicht hatte, während ich meinem Bruder nachschaute, wie er abtransportiert wurde. Er wackelte an der Hand der Schwester über den glänzend gewienerten Boden, sein linkes Bein war nach außen gedreht und bereits an der ersten Treppenstufe blieb er mit dem Absatz hängen. Die Schwester fasste ihn am Oberarm und unter der Schulter und so schaukelten sie weiter, Schritt für Schritt den Gang entlang. Hanno wand sich wie eine Katze, einmal nach links, einmal nach rechts, dann begriff ich, dass er sich nach uns umdrehen wollte, nach Mutter und mir.

Mama, sagte ich, aber sie hörte mich nicht, sie war mit ihrem langen Namen beschäftigt und allerhand Fragen, die an sie gerichtet wurden. Und ich stand da, in dieser weiten Halle, mit Hannos Koffer in der Hand, und starrte auf die wehende schwarze Kutte der Schwester, starrte dem sich entfernenden Paar hinterher, das vom Dunkel der Mauern verschluckt wurde.

Plötzlich drehte sich Mama mit einem Ruck um. Als sie sah, dass Hanno verschwunden war, rief sie nach ihm, bekam aber keine Antwort mehr. Sie lief die Treppe hinunter und durch den Gang, den ich ihr gezeigt hatte, versuchte eine Tür zu öffnen, rüttelte an der Klinke, dann an noch einer. Sie ließ ab und kehrte zurück, zu mir und der jungen Frau am Empfang. Wir machen das immer so, sagte diese, dann gibt es kein großes Geschrei.

Der kleine Koffer mit Hannos Wäsche erschien mir leicht wie Luft, und es wäre einfach gewesen, ihn wieder zurückzutragen zur Straßenbahn und ins Hotelzimmer. Mama aber nahm ihn mir ab und stellte ihn in den Raum, der ihr dafür gewiesen wurde, eine Kammer mit einem hohen Regal, links neben der Empfangsloge.

Man öffnete uns die Pforte und dann gingen wir. Es dauerte eine Weile, bis sich die Augen an das Sonnenlicht draußen gewöhnt hatten. Wir wandten uns nach rechts, wo die weiß blitzende Fassade an den Gehweg heranreichte, und ich blickte über die vielen Fenster nach oben. Mama war alles zu schnell gegangen. Sie hätte noch gerne das Zimmer gesehen, in dem Hanno untergebracht war, sie hätte gerne gewusst, welche Kinder ihm dort Gesellschaft leisteten. Aber vielleicht sei es wirklich besser so, sagte sie und legte mir eine Hand auf die Schulter.

Hinter einem der Fenster im zweiten Stock war eine Bewegung zu sehen, ein Wischen, ein Schatten, der sich rührte, ich kniff die Augen zusammen. Vielleicht war es Hanno, der uns beobachtete, wie wir draußen am Heim entlanggingen, von ihm weg. Aber vielleicht hatte ich mich auch getäuscht. Meine Mutter vermochte genauso wenig zu erkennen, obwohl sie sich auf die Zehenspitzen stellte und ihre Augen mit beiden Händen gegen das Sonnenlicht abschirmte. Nein, da war niemand. Und doch wurde ich den Gedanken nicht los, dass Hanno uns noch gesehen hatte. Vielleicht erst, als wir schon ein Stück entfernt waren, auf der Straße, die in den nachmittäglichen Ort führte, und wir seinen Blicken den Rücken zuwandten. Er musste uns gesehen haben, wie wir davongingen.

Einmal schon hatten wir Hanno verloren geglaubt, an einem Sommermorgen in unserem Dorf. Mama war in der Waschküche gewesen, Hanno und ich in der Wohnung, und als ich von einem kurzen Ausflug in den Hof der Metzgerei zurückkam, saß er nicht mehr an seinem Platz am Küchentisch, wo ich ihn zurückgelassen hatte. Ich rief nach ihm und dann nach Mama. Sie kam mit der Wäsche herbeigeeilt, wir suchten Hanno in allen Zimmern, aber er war weder in der Speisekammer noch im Elternschlafzimmer, er war nirgends. Mama überlegte, ob er über die Treppe hinauf zu Onkel Rudi gekrabbelt sein könnte oder weiter zum Dachboden, aber auch dort fanden wir keine Spur. Vater, den ich von seiner Arbeit in der Metzgerei herbeigerufen hatte, durchkämmte die Umgebung unseres Hauses, lief die Straße entlang und klopfte die Büsche hinter dem Schlachthaus ab. Er verständigte die Nachbarn, mir aber kam es unwahrscheinlich vor, dass Hanno es in der kurzen Zeit aus dem Haus und über die Straße geschafft hatte.

Er wird doch nicht zum Bach gelaufen sein, sagte Kathrinas Vater und schüttelte den Kopf. Mit diesen Beinen, nein.

In stiller Verzweiflung hatte sich Mama auf den Küchenboden gesetzt, sie war lautlos mit dem Rücken an der Wand nach unten geglitten; eine der beiden Nachbarinnen, die uns bei der Suche geholfen hatten, redete auf sie ein, dass alles gut ausgehen würde, als sie plötzlich aufschrie. Sie hatte den schlafenden Hanno entdeckt, in der hintersten Ecke unter dem Küchentisch, im Schatten der Eckbank. Da, wohin sich Hunde vielleicht zurückziehen, die geprügelten Hunde, um ihre Ruhe zu haben.

Zurück in der Stadt marschierten Mutter und ich unter dem Fahnenmeer in der Theresiastraße durch, aber es war nicht mehr so wie beim ersten Mal. Die Fahnen hingen schlaff an den Hauswänden herunter, die Musik und die Lautsprecheransagen waren verstummt und niemand schritt in Marschformation. Die Menschen, denen wir begegneten, blickten uns von oben bis unten an, als wüssten sie, woher wir kamen und was wir getan hatten.

Im Hotelzimmer wartete Vater auf uns und wollte wissen, wie es gewesen sei. Mama erzählte ihm von den Schwestern und dem großen Haus, in dem Hanno jetzt wohnte, und ich beschrieb ihm den Käfer mit den großen Zangen am Kopf, den er auf dem Weg dorthin gefunden hatte. Ein Hirschkäfer, behauptete Vater, mit Fühlern, die aussehen wie ein Geweih. Wir könnten froh sein, dass er uns mit seinen Beißern nicht gezwickt hat.

Als Mama zu weinen begann, wurde er unwirsch. Er schlug mit der flachen Hand auf die Tischplatte, fluchte, sprang auf und riss seinen Hut vom Haken an der Tür. Geh nur, sagte Mutter, geh nur.

Sie rückte zu mir und nahm mich in die Arme. Wir gehen wieder zurück, flüsterte sie, wir zwei gehen wieder dorthin zurück, wo wir hergekommen sind.

Sie drückte mich noch fester und irgendwann hörte sie auf zu schluchzen. Sie wischte sich mit der Hand über die Augen, strich mir mit den tränennassen Fingern über die Haare. Ich sei ihr Bub, sagte sie, und sie werde mich nie loslassen. Ich wusste nicht, was ich darauf antworten sollte. Ich hätte sie gerne getröstet, aber ich fand keine Worte dafür.

III

Vier Tage, nachdem wir Hanno abgegeben hatten, schickte man uns zum Bahnhof, zu einem Zug, der in den Osten fuhr. Wir sollten an einen Ort gebracht werden, der Sonnau hieß, Sonnau im Oberdonaugau oder so ähnlich. Auf dem Bahnsteig fragte meine Mutter andere Wartende, ob dies der richtige Bahnsteig sei und der richtige Zug. Bis wir auf den Holzbänken des Abteils saßen, war sie auch noch einem Schaffner und einem Arbeiter nachgelaufen, der sich an den Gleisen zu schaffen machte, und stellte ihnen dieselbe Frage.

Nachdem der Zug die Stadt verlassen hatte, hielten wir nach dem großen Gebäude Ausschau, in dem wir Hanno zurückgelassen hatten. Mama, die am Fenster stand, glaubte es bald erblickt zu haben, sie zeigte mit ihrem Finger zum Hang hin und fragte die Frau neben mir, ob das nicht St. Josef sei, das Kinderheim. Nein, sagte diese, da sind wir schon vorbei.

Wir würden ein richtiges Haus kriegen im Oberdonaugau, nicht nur ein Stockwerk mit einer Stube und zwei

Zimmern wie dort, wo wir herkamen. Das Haus in Mariendorf hatten wir mit der Familie meines Onkels teilen müssen, mit seiner Frau Emma und ihren Töchtern, die allabends auf der Bank vor dem Haus saßen und darauf warteten, dass sie dort ein zukünftiger Bräutigam erblickte. Mama hatte das einmal grinsend behauptet, und eine Zeit lang war jeder Mensch, den wir unter dem Fenster vorbeigehen sahen, ein Bräutigam. Als Hanno sich mühte, Mutter nachzusprechen und das komplizierte Wort über die Zunge zu bringen, mussten wir alle lachen, am meisten Hanno selbst.

Vater sprach nicht mehr mit ihnen, obwohl Onkel Rudi sein Bruder war, aber seit dieser nach einem Streit im Stiegenhaus gebrüllt hatte, wir seien alle Verräter, Heimatverräter, existierte die Familie für meinen Vater nicht mehr. Ich hatte die beiden miteinander reden und irgendwann laut werden hören, beide schrien so heftig, dass ich hinter der geschlossenen Küchentür fast jedes Wort verstand. Es ging um das Blut, immer wieder hörte ich Vater dieses Wort ausrufen, das deutsche Blut, das deutsche Blut, rief er und wurde von Mal zu Mal wütender. Onkel Rudi lachte höhnisch auf, du mit deinem blöden Blut, schrie er und am Ende schleuderte er Vater das böse Wort vom Verräter an den Kopf und dann ging alles drunter und drüber. Vater riss die Wohnungstür auf und knallte sie zu, er kam in die Küche und trat mit dem Fuß gegen die Anrichte, dass es klirrte.

Habt ihr euch geschlagen?, fragte Mama, als sie sah, dass Vater die Faust auf- und zumachte und seine Fingerknöchel betastete.

Der soll doch verrecken hier, sagte Vater erregt, der soll doch verrecken, wenn er meint, und er langte nach der Schnapsflasche, die hinter den Tellern in der Küchenkredenz versteckt war.

Die Sache mit dem Blut hatte ich nicht ganz verstanden, obwohl mich die Körperflüssigkeit immer schon angezogen hatte, von klein auf. Wenn ich mich beim Schnitzen mit dem Messer geschnitten hatte, konnte ich nicht widerstehen, das aus der Wunde sickernde Blut abzulecken und auf der Zunge zu spüren. Ich mochte die Wärme, den Geschmack nach Metall und den eigenartigen Geruch, wie nach den Eisennägeln, die Vater in seiner Werkzeugtruhe aufbewahrte. Und wenn ich Speichel auf die Wunde tropfen ließ, hörte es langsam auf zu rinnen. Hin und wieder hatte ich die dunkle Kruste mit den Zähnen abgepult, zerkaut und geschluckt und mir dabei vorgestellt, dass ich meinen Blutverlust so wieder ausgleichen könnte.

Mit Kathrina hatte ich das dickflüssige, dunkelrote Blut bestaunt, das von Tieren stammte, von Rindern, Kälbchen, Schafen und Ziegen. Ab und zu hatten wir uns auf einen umgedrehten Eimer gestellt und heimlich in das eine Fenster der Metzgerei gelugt, hinter dem die Tiere geschlachtet wurden. Jedes Mal waren wir von Neuem verblüfft darüber gewesen, welche

Menge Blut in einem einzigen Tierkörper enthalten war und wie es in einem breiten Strahl aus der geöffneten Schlagader schoss. Meist wurde es in einem hölzernen Zuber aufgefangen und einer der Gehilfen musste es mit einem langen Holzlöffel umrühren. Damit es nicht eindicke, meinte Kathrina, aber ich wusste nicht, ob ich ihr das glauben sollte. Zuweilen aber floss das Tierblut auch ungenutzt weg, blubbernd über eine schmutzige Rinne in den vergitterten Abfluss. Vielleicht versickerte es einfach in der Erde, auf der man die Metzgerei erbaut hatte, oder es rann durch versteckte Rohre in den Bach, der hinter den Häusern vorbeifloss. Ich wusste es nicht und Kathrina hatte auch keine genaue Vorstellung.

Einmal hatte uns Kathrinas Mutter nach einer Schlachtung eine Schüssel Blutwürste vorbeigebracht und in unserer Küche voller Stolz erzählt, dass sie nach einem rein deutschen Rezept gemacht waren.

Als wir nach dem Abendessen allein gewesen waren, hatte ich von Mama wissen wollen, was das sei, ein Heimatverräter, aber sie hatte nur geantwortet, dass wir das nicht waren, ganz und gar nicht. Wir tragen die Heimat da, sagte sie und berührte mit dem Finger ihre Brust, aber Onkel Rudi will das nicht sehen. Sie legte den Kopf in die Hände und als sie aufsah, bemerkte ich die Enttäuschung in ihren Augen. Das ist ja deshalb, sagte sie, damit wir unsere Heimatsprache nicht verlieren, deshalb müssen wir weg von hier, aber der Rudi versteht alles falsch. Sie sprach trotz des Streites weiterhin mit Tante Emma und grüßte auch Onkel Rudi, wenn er grummelnd die Stiegen herunterkam, oder sie sich an der Haustür begegneten. Nur wenn Vater dabei war, blieb sie stumm und schaute in eine andere Richtung, genauso wie er.

Im Zug waren lauter Soldaten, die in dieselbe Richtung fuhren wie wir. Vater setzte sich zu ihnen, ließ sich Zigaretten anbieten und lachte über die Witze, die sie erzählten. Die meisten von ihnen trugen graue Uniformen mit einem kleinen Adler und dem Hakenkreuz über der Brusttasche. Die grauen Mützen auf dem Kopf, die wie umgedrehte Schiffchen aussahen, hatten die gleichen Abzeichen.

Mama hatte sich bald wieder hingesetzt, aber sie ließ ihren Blick nicht von der Landschaft, die draußen vorbeiratterte. Vielleicht suchte sie immer noch nach dem Sankt-Josef-Haus, wo Hanno durch die Gänge geschleppt wurde oder am Fenster stand, mit seinen dünnen Armen winkte und nach uns Ausschau hielt. Aber Hannos Haus tauchte nicht mehr auf, das große, weiße Heim der Haubenschwestern, obwohl immer neue Dörfer und Ortschaften vorüberzogen. Und dazwischen lichte Wälder, in denen Hirschkäfer herumkrabbelten, und Felder, auf denen sich die Getreidehalme im Fahrtwind des Zuges bewegten.

Allmählich blieben die felsdurchsetzten Berge zurück, die Landschaft wurde flacher und man konnte weit über Hügel blicken, die sich bis ins Unendliche erstreckten. Das alles hatte es in Mariendorf nicht gegeben, dort hatte die klare Horizontlinie den Himmel sauber von der Landschaft getrennt, hier verschwamm sie zusehends und löste sich auf in ein milchiges Grau. Wir fuhren durch eine Gegend, die nirgendwo zu Ende war, und als ich Mama darauf hinwies, meinte auch sie ganz schwindlig zu werden vor lauter Weite und Grenzenlosigkeit. Hier konnte man stundenlang reisen, dachte ich, ohne dass man irgendwo anstieß.

Ich versuchte die Ortsschilder zu lesen, die an den Bahnhöfen, die wir ohne Halt passierten, vor meinen Augen vorbeizogen. Manche konnte ich trotz der Geschwindigkeit entziffern, vergaß sie aber sofort wieder. Mich überkam die Müdigkeit, weil die Fahrt so lange dauerte, einmal nahm ich noch das Wort Salzburg wahr, das musste ein Bahnhof sein, über den Mama mit Vater sprach. Ich hatte den Eindruck, als würde es nicht mehr weitergehen, im Halbschlaf schien mir, als wäre Mama ans Abteilfenster getreten, um nach dieser Burg Ausschau zu halten, die der Name versprach und welche die Farbe von Salz haben musste.

Als ich aus meinen Träumen erwachte, mussten wir umsteigen. Der neue Zug bestand aus zwei einzelnen Waggons und stand weit vorne auf den Gleisen. Vater verabschiedete sich von seinen Gefährten und rief ihnen noch vom Bahnsteig aus nach, dass sie sich bald wiedersehen würden. Und dass sie ihm etwas vom Schnaps übrig lassen sollten, denn gemeinsam schmecke es besser. Er lachte und sie winkten einander zu, bis ihr Zug hinter dem Bahnhofsgelände verschwunden war.

Unser Haus in Sonnau war kein richtiges Haus, sondern ein Zubau, ein Häuschen ähnlich einem Schuppen, das man nachträglich an die Rückseite des Haupthauses angebaut hatte. Von außen sah es verlottert aus, aber es hatte eine große Küche und zwei leere Kammern, die man über eine schmale Treppe erreichte – eine für die Eltern, die andere für Hanno und mich. Beide waren mit Holz vertäfelt und von unserer aus konnte man geradewegs auf den Friedhof sehen, wenn man sich auf die Zehenspitzen stellte, auf den Totenacker mit seinen schnurgeraden Gräberreihen. Die Mauer um den Friedhof war hoch, aber einen Teil der Wege und der aufragenden Grabsteine hatte man trotzdem im Blick. Am hinteren Ende waren Arbeiter dabei, ein Grab auszuheben, Schaufeln voller Erde flogen aus dem dunklen Loch nach oben, der Erdhaufen wuchs und wuchs, dann rief mich Mama nach unten.

Der Herr Jochberger, der uns mit dem Pferdewagen vom Bahnhof bis zur Eingangstür gebracht hatte, trug eine rote Armbinde und hatte es mit der Ordnung und den Papieren. Er sagte, er sei von der Volkswohlfahrt, und ließ sich alle Dokumente aushändigen, die Vater in Innsbruck gesammelt hatte. Auch mich fragte er nach Namen und Geburtsdatum. Das habe schon alles seine Ordnung, sagte er, als ich ihm mitteilte, dass wir Hanno im Sankt-Josef-Haus hatten zurücklassen müssen.

Aber er kommt bald nach, fügte ich hinzu.

Das mag sein, sagte der Herr Jochberger, aber jetzt seid ihr zu dritt und alles weitere werden wir sehen.

Er gab Vater die Schlüssel zum Häuschen und erklärte Mutter, wo der Laden war, ihre Arbeitsstelle, bei der sie sich morgen einfinden sollte. Punkt sieben, sagte er, keine Sekunde später, nicht, wie der Italiener das gerne macht. Dann ließ er uns mit den Koffern und Rucksäcken allein.

Jetzt waren wir in dem Reich angekommen, von dem Vater die ganze Zeit geredet hatte. Über den Namen des Ortes lachte Mama und behauptete noch am Bahnhof, nach Sonnenschein sehe er nicht aus. Die Ortschaft bestand aus einer kerzengeraden Straße, an der die Häuser entlang aufgereiht waren, aus einer weiß getünchten Kirche, auf deren Turm die Fahne mit dem Hakenkreuz flatterte, und dem Laden. Zusammengenommen waren es vielleicht zwei, drei Handvoll Wohnhäuser, daneben noch einige Ställe und Scheunen, die der Herr Jochberger Wirtschaftsgebäude nannte. Die Landschaft war flach wie ein Brett, nur wenige Hügel ragten im Hintergrund auf.

Zu Vaters Reich gehörten auch die dünnen Strohsäcke, die uns der Herr Jochberger hatte vorbeibringen lassen, damit wir nicht so lange auf dem Fußboden schlafen mussten, bis unsere Sachen nachgeliefert wurden. Dann war da noch die Donau, der breite, träge Fluss hinter den Häusern, und der Nebel, der in unseren ersten Tagen über die Felder bis in die Siedlung waberte und morgens die Sonne verhüllte. Und außerdem war da noch das Warten auf unseren Hausrat, der unterwegs sein sollte, aber nie ankam. Während Mama arbeitete, harrten Vater und ich zu Hause aus, und wenn sich bis zum späten Vormittag nichts rührte, sagte Vater, er werde jetzt beim Wirt weiterwarten. Ich solle unterdessen auf der Straße die Stellung halten.

In diesem Vaterland tauchte eines Morgens Siegfried auf, ein Neffe der Hausbesitzer. Er war etliche Zentimeter kleiner als ich, hatte struppige Haare, strich um unser Häuschen herum und sobald er sich unbeobachtet fühlte, blickte er durch das Fenster in die Küche. Manchmal schlenderte er auf der gegenüberliegenden Straßenseite auf und ab, während ich vor der Haustür nach dem Möbeltransport Ausschau hielt. Merkte er, dass ich nach ihm sah, verschwand er. Fünf Minuten später aber tauchte er wieder auf und schielte über die Straße.

Nach ein paar Tagen kam er auf mich zu. Ich saß auf den Steinstufen, die zu unserer Eingangstür führten, und er stellte sich mit den Händen in den Hosentaschen vor mich hin und fixierte mich. Vielleicht erwartete er, dass ich etwas sagte. Wir blieben einige Minuten so, den Blick fest aufeinander gerichtet, dann auf einmal schossen die Wörter aus seinem Mund wie aus einem Wasserhahn, der aufgedreht wurde. Ein Laut jagte den anderen, die Wörter purzelten übereinander, aber ich verstand gar nichts. Es klang alles ganz ähnlich, wie wir zu Hause redeten, ähnlich dem Dialekt unseres Dorfes, und doch war es wie eine fremde Sprache. Er verzog den Mund zu einer Grimasse, weil ich nicht antwortete, sondern nur die Stirn runzelte, dann fragte er langsam, ob wir *deitsch* seien, wobei er das *ei* in die Länge zog.

Klar, sagte ich.

Kane Italiener?, sagte er und zog die Augen zu Schlitzen zusammen.

Na, kane Italiener, wiederholte ich seine Worte.

Wir waren ja Deutsche, seit Vater die Papiere bekommen hatte und unsere italienischen Ausweiskarten im Hotel in Innsbruck in winzige Fetzen zerrissen hatte.

Total *deitsch*, betonte ich.

Der Junge grinste, dann drehte er sich um, lief zurück über die Straße und kam mit einem Ball unter dem Arm zurück. Er warf ihn mir wortlos zu. Ich musste mich strecken, um ihn zu fangen, und warf ihn zurück in seine Arme. Schießen, rief er und zeigte mir vor, wie er es meinte.

Während wir auf die Möbel warteten, Vater im Gasthaus und ich auf der Straße, lernte ich von dem Jungen, wie man einen Ball richtig schoss, und bald trieben wir ihn zwischen uns hin und her wie richtige Fußballer. Die Ecke zwischen dem Anbau, der Straße und der Friedhofsmauer bildete einen kleinen staubigen Platz, aus dem einzelne Grasbüschel wuchsen und der die richtige Größe für unser Training hatte. Bald schaffte ich es, den Ball mit dem Spann in die gewünschte Richtung zu schießen, der Junge hechtete danach und fing ihn mit den Händen. Wir spielten Stürmer und Goalie, die beiden Wörter verstand ich auf Anhieb, und ich sagte ihm, wir müssten gut aufpassen, dass der Ball nicht gegen eines unserer Fenster flog. Irgendwann blieb mein neuer Spielkamerad außer Atem stehen, den rechten Fuß auf den Ball gestellt, den er gerade gefangen hatte, und rief mir zu, dass er Siegi hieß und das die Abkürzung von Siegfried war. Ich wiederholte seinen Namen und dann sagte er, dass wir jetzt Freunde sein könnten, wenn ich wollte.

Freind, sagte er.

Auch das verstand ich und nickte.

Ludi, sagte ich, das bin ich.

Die erste Nacht im fremden Haus war voller Geräusche gewesen, die mich nicht hatten einschlafen lassen. Immer wieder kam ein Knistern aus dem Gebälk, ein Rascheln und Kratzen, das einmal nahe war und dann wieder weiter weg und mich an Mäuse denken ließ, die hinter der Holzverkleidung der Wand herumtollten. Ich drehte mich von einer Seite auf die andere und horchte ins Dunkel, das so schwarz war wie nirgendwo zuvor. Einmal hörte ich das Knarzen einer Tür, vielleicht war das Vater, der durchs Haus ging, aufgeschreckt durch dieselben Geräusche wie ich.

Am Morgen erwachte ich von einem lang gezogenen Laut. Ich setzte mich auf, das Zimmer lag noch im Grau des beginnenden Tages, ich vermochte gerade die Umrisse des kleinen Koffers zu erkennen, der unter dem Fenster stand, und dieser Laut war immer noch da. Einen Augenblick lang dachte ich an Vater, der im Schlaf stöhnte, aber im nächsten Moment wurde mir klar, dass er es nicht sein konnte. Es kam von draußen, aus der fremden Umgebung, es klang wie das Brüllen eines Tieres oder als ob laut nach jemandem gerufen wurde. Vor dem Fenster dann erblickte ich den schweren Körper eines Tieres, das aus dem Frühnebel, der über den Feldern lag, auftauchte wie aus einem Traum und sich auf die Friedhofsmauer zubewegte. Es war eine Kuh, eine scheckige Kuh mit einem massigen, aufgeblähten Bauch, einem schaukelnden Euter und langen, gebogenen Hörnern. Sie strich an der Mauer entlang, blieb vor den zwei Stufen stehen, die zum Friedhof hinaufführten, senkte den Kopf bis auf den Boden und stieß ihr dröhnendes Muhen aus. Für einen Wimpernschlag verharrte das Tier, als wartete es auf eine

Antwort, daraufhin trabte es weiter, auf mein Fenster zu, unter dem es stehen blieb, aufsah und den Kopf herumschleuderte. Ich trat unwillkürlich einen Schritt zurück, als ich mich wieder vorbeugte, suchte ich mit den Augen die Umgebung ab, doch das Tier war allein. Sein unaufhörliches Muhen aber klang fast so, als ob es jemanden riefe, jemanden, den es verloren hatte. Oder, dachte ich, wenn man sich verirrt hatte, wenn man sich plötzlich allein im Wald, im dunklen Dickicht der Bäume wiederfand und verzweifelt in alle Richtungen drehte, vor und zurück lief, dann würde man genauso verzweifelt rufen.

Wenn in der Metzgerei im Dorf Rinder angeliefert worden waren, hatte ich das rasselnde Muhen von denen gehört, die schon in der Schlachthalle standen. Ich hatte mir vorgestellt, dass sie damit die anderen, die gerade erst herangekarrt worden waren, vor der Gefahr warnen wollten.

Die Kuh blieb kurz unter meinem Fenster stehen, trabte weiter, auf die Felder zu, und verschwand im Dämmer der morgendlichen Landschaft. Aber ihre Verzweiflung hallte noch eine Zeit lang in meinem Kopf und in der Stille des Zimmers nach. Ich hatte mich wieder zurück auf den Strohsack gelegt, mich unter der Decke vergraben und wünschte mir, dass Mama mich wecken kam wie früher.

Nein, sagte sie, während wir die Stiegen hinuntergingen, sie habe tief geschlafen und überhaupt nichts gehört.

Aber die Kuh –, sagte ich.

Das hast du geträumt, sagte sie, das war bestimmt ein Traum.

Nein, sagte ich, das war kein Traum. Sie war da, ich bin ans Fenster gegangen und habe sie gesehen, mit meinen eigenen Augen.

Kathrina hatte einmal behauptet, dass alles in Erfüllung gehen würde, was man in der ersten Nacht in einem neuen Zuhause träumte. Aber ich war mir sicher, dass es kein Traum gewesen war. Mama legte die Hand auf meine Wange und sagte, ich solle mir keine Gedanken mehr machen. Wenn es so dunkel sei wie die Nacht hier, dann kämen einem die absonderlichsten Gestalten in den Kopf, aber kaum werde es hell, seien sie alle verschwunden, auf und davon, wie weggezaubert.

Eines Morgens, etwas mehr als zwei Wochen nach unserer Ankunft, war Vater auch verschwunden. Nach dem Frühstück ging ich zurück in den ersten Stock, klopfte an die Tür des Elternschlafzimmers, aber er war nicht da. Ich schaute nach, ob er nicht vielleicht vor dem Vorderhaus stand oder ins Wirtshaus gegangen war, doch ich konnte ihn nirgends finden. Auch von den Nachbarn, die ich nach ihm fragte, konnte mir keiner etwas sagen. Erst als Mama mittags aus dem Laden kam, erklärte sie mir, dass er schon vor Sonnenaufgang mit der Eisenbahn weggefahren war.

Er ist eingerückt, sagte sie.

Eingerückt?, fragte ich.

Er musste nach Wien, mit dem ersten Zug, sagte sie. Er kommt dann nach Frankreich, zum Barras, zur Soldatenausbildung.

Wieso hat er mir nichts gesagt?

Es ist besser so, sagte Mutter und wandte sich dem Herd zu, dem Holz, das nachgelegt, der Suppe, die in die Teller geschöpft werden musste.

Glaub mir, es ist besser so, wiederholte sie, kniete sich hin, um zwei Holzscheite in das Feuerloch zu schieben, dann hielt sie plötzlich inne. Ein paar Sekunden nur, auf Knien mitten in der fremden Küche, die eine Hand am Kopf, die andere auf der Kante der Holzkiste. Als ich mich räusperte und leise fragte, was mit ihr sei, kam wieder Bewegung in ihren Körper, sie stand auf und drehte sich zu mir, den Kopf schüttelnd, als wäre sie über sich selbst verwundert.

Unsere Möbel und der restliche Hausrat waren angekommen, die Betten, Nachtkästchen, der Küchentisch und die Stühle – der Lastwagen hatte hupend vor dem Haus gehalten. Zusammen mit dem Fahrer zerrten und schoben wir alles nach drinnen. Die Bettgestelle waren zerlegt und mussten wieder zusammengeschraubt werden, Vater hätte gewusst, wie man so etwas machte. Der Herr Jochberger schickte uns einen seiner Knechte, der stumm vor sich hin arbeitete. Als er fertig war und sich davongemacht hatte, zog mich Mama neben sich auf das Bett, auf die Strohmatratze, und sagte, dass alles gut werden würde. Sie strich sich eine Haarsträhne aus der Stirn und legte den Arm um meine Schulter.

Mein Großer, sagte sie.

Ich musste ihr versprechen, dass ich ihr keine Schande machen würde an diesem fremden Ort. Sie sei ja schon genug gestraft mit einem Mann, der zulasse, dass andere ihre Betten herrichteten, sagte sie.

Ich hätte nie gedacht, dass wir einmal in einem Haus für uns allein wohnen, sagte ich.

Jetzt lachte sie und sagte, das habe sie auch nie gedacht. Nur davon geträumt habe sie manchmal.

In der Nacht?, fragte ich.

Nein, sagte sie. Mit offenen Augen.

Siegfried hatte beobachtet, wie wir die Möbel in unser Haus geschleppt hatten. Am nächsten Tag erzählte er mir, dass die Jochbergerknechte Russen waren, allesamt, russische Männer, gefangen genommen von unseren Soldaten. Sie arbeiteten auf den Äckern und Gemüsefeldern und abends habe er sie schon gesehen, wie sie hinter dem Pferdewagen auf der Straße zum Jochbergerstall getrottet seien, fünf, sechs Männer mit kahl rasierten Köpfen und löchrigen Schuhen. Vater fiel mir ein und ich sagte Siegfried, dass er seit Kurzem genauso auf Russenjagd war wie die anderen Soldaten.

In Frankreich gibt es nur Franzmänner, sagte Siegfried und lachte, keine Russenmänner.

Franzfeinde, sagte ich.

Am Ende der Ortschaft fiel das Gelände in einem sanften Gefälle zur Donau hin ab. Ein schmaler Weg führte durch ein Wäldchen aus Sträuchern und Laubbäumen hinunter zum Wasser, zur Bucht in der Biegung. Manchmal hörte man das Gurgeln des Flusses von Weitem, meist aber floss das graublaue Wasser fast geräuschlos dahin. Die Steine, die wir flach hinauswarfen, hüpften ein paarmal auf, bevor sie hinuntersanken auf den Grund. Der Fluss war hier so breit, dass die Bäume und Büsche auf der anderen Seite winzig klein wirkten, die Äste wie Streichhölzer. Keiner von uns schaffte es, einen Stein auch nur annähernd bis in die Mitte des Flusses zu schleudern, obwohl wir es den ganzen Nachmittag lang versuchten. Ein Strom, sagte Siegfried, nicht nur ein Fluss. Ein Strom, weil er so breit und tief sei.

Siegfried war mit dem Donaustrom aufgewachsen, aber mir machte er Angst. Wenn ich am Ufer meinem Stein nachsah und plötzlich verstand, wie nahe ich ihm beim Abbremsen meines Anlaufs gekommen war, sprang ich unwillkürlich zwei Schritte zurück. Die Geschwindigkeit, mit der das Wasser dahintrieb, konnte einen fast schwindlig machen, wenn man zu lange hinschaute. Man brauchte nur zu taumeln, kurz das Gleichgewicht verlieren oder einen falschen Schritt machen, die Kraft des Wassers würde einen sofort mit sich reißen.

Einmal hatten wir gesehen, wie ein Tier angeschwemmt und weitergetragen wurde wie ein Stück Holz. Der Größe nach musste es ein junges Rind sein, ein Kalb, es bewegte sich noch, schleuderte den Kopf aus dem Wasser und wurde immer wieder um die eigene Achse gedreht. Wir folgten ihm mit dem Blick, aber das Einzige, was wir tun konnten, war zu hoffen, dass es die Strömung oder ein Wirbel ans Ufer treiben würde, wo es wieder festen Boden unter die Füße bekam.

Die Gefahr, die der Donaustrom ausstrahlte, machte mir einen bangen Magen, auch wenn ich nur zu Hause im Bett daran dachte. Trotzdem gab es nichts Aufregenderes, als den eigenen Lauf mit klopfendem Herzen knapp vor der Wasserlinie abzubremsen, während man ausholte und mit dem Schwung nach vorne seinen Stein schleuderte. Vielleicht war es gerade deshalb so anziehend, weil man dem Unheil so nahekam. Jedes Mal, wenn wir in die Ortschaft zurückgingen, hatte ich das Gefühl, ein Wagnis bestanden zu haben, ähnlich dem schwarz gewandeten Seiltänzer aus meinem Giovinezza-Buch, der am Ende der Schlucht, endlich auf sicherem Grund angekommen, seine Hand zum *Saluto romano* erhebt.

Siegfried lachte über meine Zustände, die er damit erklärte, dass ich so fern vom Wasser aufgewachsen war. Unser Dorfbach, über den man fast hinüberspringen konnte, wenn man genügend Anlauf nahm, zählte nicht. Aber gleichzeitig warnte er mich davor, leichtsinnig zu sein. Du wärst nicht der Erste, der hier ersäuft, sagte er. Dann aber schimpfte er auf dem Rückweg wieder über seine Mutter, er nannte sie eine blöde Kuh, weil sie ihm alles verbiete, was andere dürften, selbst das Schwimmen und Bootfahren. Und sobald irgendein Schiffsunglück geschehe oder jemand tot aus dem Fluss gezogen werde, sage sie: Siehst du, jetzt weißt du's. Er ahmte seine Mutter nach, wie sie vor ihm stand, ihn mit erhobenem Zeigefinger und mahnender Miene auf die Gefahr hinwies und dabei lachte.

Sein Vater sei da ganz anders, sagte er dann, von dem habe er in dieser Hinsicht nie etwas zu befürchten gehabt, und jetzt schon gar nicht mehr. Als wir weitergingen, fuhr er fort, dass sein Vater im Feld stehe, genauso wie seine beiden älteren Brüder, der Georg und der Hans.

Im welchem Feld?, fragte ich und sah mich um. Hier waren nichts als Felder, so weit das Auge reichte, Rübenfelder, Weizenfelder, Kartoffeläcker und grüne Wiesen. Neben den paar Häusern, den Scheunen und dem breiten Strom gab es hier nichts als Felder. Siegfried sah mich von der Seite an und begann zu lachen.

Du bist noch dümmer als meine Mutter, sagte er und schlug mir mit der flachen Hand auf den Kopf. Das bedeutet doch, dass er Soldat ist und kämpft. Das sagt man so. Auf dem Feld der Ehre.

Weiß ich doch, sagte ich. Aber wenn er da drüben stehen würde, könnte man es genauso sagen. Ich zeigte auf eines der Felder mit Getreide, dessen Halme und Ähren der Sturm der letzten Nacht zu Boden gedrückt hatte.

Jetzt lachte er noch lauter, wieherte fast. Er kriegte sich erst ein, als wir den letzten Rübenacker hinter uns gelassen hatten. Die Felder, auf denen sein Vater und seine Brüder standen, waren weit weg, Hunderte von Kilometer, in Norwegen, Polen und in der Ukraine. Ich hatte keine Ahnung, in welche Richtung das war, trotzdem fragte ich mich, ob dort das gleiche Gras wuchs wie hier, grüne Rispen mit hohen, lanzenförmigen Blättern, aus denen alle paar Schritte dicke Sumpfdotterblumen herausleuchteten.

Meine Mutter legte mir die Hand auf die Schulter. Du hast eine schöne Schrift, sagte sie. Viel schöner als ihre. Deshalb solle ich schreiben und sie werde mir die Wörter genau ansagen. Sie entfernte Tassen und Teller vom Küchentisch und wischte über das Holz, damit das Papier keine Flecken abbekam. Auch auf die Tintenkleckse solle ich aufpassen, ermahnte sie mich. Das Briefpapier, das sie aus dem Laden mitgebracht hatte, war blütenweiß und hatte dünne blaue Linien, auf die man die Buchstaben und Ziffern hinstellte.

Liebe Heimleitung, sagte meine Mutter, sah mir dabei über die Schulter, aber dann korrigierte sie sich: *Sehr geehrte Anstaltsleitung*. Sie ging in der Küche auf und ab, wog ihre Wörter und Sätze ab, indem sie leise mit sich selbst redete, und ich setzte alles in Schönschrift auf das Papier. Ich schrieb, dass sie sich erkundigen wollte, wie es ihrem Sohn Anton ergehe, ob er brav sei und gehorche und ob er auch Fortschritte mache. Sie überlegte jedes Wort zweimal und ich wartete, bis sie sich sicher war, erst dann nahm ich die Feder und tunkte sie in die Tinte. Manchmal fragte sie mich, wie man etwas richtig sage, und wenn ich keine Antwort wusste, wandte sie sich an Vaters Fotografie auf dem Küchenbord und schimpfte mit ihm, weil er unbedingt Soldat habe werden wollen und nicht gewartet habe, bis er gerufen worden sei. Eingerufen, sagte sie.

Der Nachmittag floss dahin, die Sonne senkte sich durch das Fenster auf Mamas hohe Stirn und ihre Wangen, die rot angelaufen waren. Siegfried wartete mit seinem Ball vergebens vor unserer Tür, während ich ein neues Blatt nahm und Mama den ganzen Brief noch einmal änderte, alles, was wir niedergeschrieben hatten. Wir ließen Hanno Grüße ausrichten und dass wir uns bald wiedersehen würden. Zum Abschluss wünschten wir der Anstaltsleitung Gottes Segen, und in den letzten zwei Zeilen entschuldigten wir uns für all die Mühe, die unser Anton den Schwestern bereitete, und bedankten uns für die Hilfe, die sie ihm angedeihen ließen.

Angedeihen, hatte Mama gesagt und sich auf den Tisch gestützt und nachgedacht, ob man das so sagen könne, aber am Ende war sie überzeugt davon, das Wort schon einmal gehört zu haben. Sie knipste das Licht an, weil es zu dämmern begann, dann war der Brief nach St. Josef endlich fertig. Ich hatte die Adresse abgeschrieben, das Kuvert zugeklebt, und Mama würde ihn am nächsten Tag mitnehmen und zur Post bringen.

Hanno, das sei ein eigenartiger Name, sagte Siegfried. So heiße vielleicht ein Hund, aber doch kein Mensch. Wir überquerten den Feldweg hinter den Häusern, der noch voller Lachen vom nächtlichen Regen war, kleinen und großen, in denen sich die Wolken spiegelten und das Himmelsblau. Wir übersprangen eine nach der anderen, wer mit den Schuhen ins Wasser geriet, hatte verloren.

Er heißt ja eigentlich nicht Hanno, sagte ich. Das ist nur, weil er seinen richtigen Namen nicht aussprechen konnte. Bei Anton ist er immer ins Stottern gekommen oder er hat alles verdreht. Die längste Zeit hat er nur Ao gesagt, und wir haben Hanno daraus gemacht.

Ich sprang ab und kam mit den Zehen knapp auf dem Trockenen auf, aber meine Fersen landeten im Wasser, das nach allen Seiten spritzte.

Verloren, schrie Siegfried, du hast verloren. Verloren und verschissen.

Aber jetzt lernt er besser sprechen, sagte ich, während ich mich umdrehte. In einem Heim für Kinder, und wenn er wiederkommt, kann er Anton sagen. Oder Siegfried, ohne dass ihm die Zunge aus dem Mund fällt.

Anton, Bruno, Cäsar, schrie dieser. Ich werde Funker, wenn ich groß bin.

Dann lief er voraus und im Nu waren wir an der Gabelung, wo sich die Wege trennten, der eine zum Wasser führte, der andere in einem Bogen zurück zum Ortseingang, zu den Häusern, zwischen denen ich meinen kleinen Bruder herumschleppen würde, wenn er dann käme.

Die Briefausträgerin war eine rundliche, pausbackige Frau, die am späten Vormittag ihre Runden durch den Ort drehte. Siegfried wusste, dass sie Erna hieß und schon über zwanzig war. Die Ledertasche mit den Briefen und Paketen hatte sie auf den Gepäckträger ihres Fahrrads geschnallt, und wenn sie etwas abzugeben hatte, lehnte sie es an die Hausmauer und klopfte ans Fenster.

Als der erste Brief von Vater eintraf, saß ich auf dem Treppenabsatz vor der Haustür, die Briefausträgerin hielt auf der Hauptstraße und winkte mich zu sich.

Für die Italiener, sagte sie und während sie mir den Brief aushändigte, zwickte sie mich mit der anderen Hand in die Wange. Bist aber schon recht groß.

Nächstes Jahr werde ich zwölf, sagte ich.

Ein richtiger junger Mann, sagte sie, lachte und fuhr davon.

Den Brief legte ich auf den Küchentisch, damit Mama ihn vorfand, wenn sie zur Tür hereinkam. Auf den lichtblauen Umschlag hatte Vater in großen Buchstaben das Wort *Feldpost* geschrieben, direkt über unsere Adresse, daneben die rote Briefmarke mit dem Bild eines Panzers und zwei Stempel.

Mama riss den Umschlag auf und las murmelnd, noch bevor sie ihre Tasche abgelegt hatte. Als sie fertig war, schüttelte sie den Kopf wie jemand, der etwas nicht recht glauben konnte, dann reichte sie mir das Foto, das Vater mitgeschickt hatte. Es zeigte ihn in seiner Soldatenuniform; er sah jetzt genauso aus wie die Männer, denen wir im Zug begegnet waren. Es war ein fröhliches Bild, Vater lächelte zufrieden, wie man ihn in letzter Zeit selten gesehen hatte. Und zwischen den Fingern hielt er eine Zigarette, obwohl er bisher noch nie geraucht hatte.

Er ist in Frankreich, sagte Mama, in einer Stadt, die Bösankomm heißt. Oder so. Sie wusste nicht, wie sie das Wort aussprechen sollte, und tippte auf die Stelle, wo es stand: Besançon. Er lässt dich grüßen, ergänzte sie.

Ich habe zuerst gedacht, es sei ein Brief vom Heim, sagte ich. Aber dann hatte ich Vaters Schrift auf dem Umschlag erkannt. Seine schmalen As oder wie er die großen Fs machte und die S mit dieser Schlinge.

Während Mama kochte, las ich Vaters Brief von vorne bis hinten durch. *Euer Euch liebender Vater*, hatte er am Ende geschrieben und darunter seinen Kosenamen, den nur Mama und früher Onkel Rudi benutzen durften, *Pepi*. In Besançon, dachte ich, würden manche vielleicht auch Pepi zu ihm sagen, wer weiß.

An einem Samstagnachmittag schlenderte ich allein durch Sonnau. Ich hatte Mama versprechen müssen, mich nicht zu weit zu entfernen, nur bis hinter das Schulgebäude. Ich hatte zuerst nach Siegfried gesucht, an seine Haustür geklopft, aber seine Schwester sagte mir, er sei mit seinen Kameraden beim Sportnachmittag auf der anderen Seite der Donau. Sie hob bedauernd die Arme und dann war sie schon wieder verschwunden.

Als die Haustür hinter mir ins Schloss fiel und ich allein auf der Straße stand, war ich für einen Augenblick wie betäubt. Was wollte ich eigentlich hier, schoss es mir durch den Kopf. Hier, vor Siegfrieds Haus, hier in dieser staubigen Straße voller Löcher, hier in diesem Ort. Ich war hier nicht zu Hause, es war nicht mein Dorf, sondern das der Menschen, die Auböck hießen oder Ganderer wie Siegfried, das wurde mir auf einmal klar. Und Siegfried war ein Teil dieses Ortes, weil er hier aufgewachsen war, hier in diesen niedrigen, einfachen Häusern. Am Ufer der Donau, unter diesem Himmel, dessen Wolken auf die Hügel am Horizont drückten.

Im Gegensatz zu mir kannte er alle, die uns auf der Straße begegneten, wusste jeden Namen, kannte den Beruf, den jemand ausübte, oder irgendwelche Geheimnisse, die man sich hinter vorgehaltener Hand erzählte. Wenn die Briefausträgerin vorbeikam, schrie er ihr von Weitem ein „Servus Erna!“ zu und erzählte mir, dass er sie vor Kurzem einmal beobachtet hatte, als sie in der Donaubucht zum Sonnenbaden war. Sie war fast nackt, sagte Siegfried und nickte. Wenn ich wolle, könnten wir uns nächstes Mal gemeinsam anschleichen, er wisse genau, wo sie zu finden sei.

Manchmal war ich neidisch auf ihn, weil er alles wusste von hier und stundenlang darüber sprechen konnte, dann dachte ich mir Geschichten von unseren Mariendorfer Leuten aus, mit denen ich ihm etwas entgegensetzen konnte. Es waren übertriebene Geschehnisse aus der Schule oder der Metzgerei, die er mit offenem Mund anhörte und dann fragte, ob das wirklich alles wahr sei. Klar, sagte ich und wollte ihm das Versprechen abnehmen, es niemandem weiterzuerzählen. Er aber erwiderte, dass das wohl kaum nötig war. Wieso sollte ich, sagte er grinsend, die Leute aus deinem Itakerdorf kennt hier eh niemand.

In diesem Augenblick verstand ich, dass ich im Niemandsland gelandet war. Meine Mutter war die Einzige, die wusste, wer in der Schulbank neben mir gesessen hatte oder wen ich meinte, wenn ich *der Schneider* sagte oder von den *Schwarzwäldern* redete. Die Einzige, welche die ganzen Geschichten kannte, die zu diesen Personen gehörten. Die vom dreibeinigen Hund vom Schneider, die von den Bräutigamen von Onkel Rudis Töchtern oder was bei der Einschulung der Schwarzwäldertochter passiert war. Wenn ich früher mit Kathrina auf dem Heimweg war, musste ich nur den Namen unseres Lehrers aussprechen und schon lachten wir beide los. Wir lachten darüber, wie er unsere deutschen Namen verhunzte oder wie er dreinschaute, als der Schuldiener ihn Signor Mussolino nannte, obwohl er Bassolino hieß. Mehr brauchte es nicht als das Aussprechen eines Namens, und wir wussten, was damit gemeint war. Hier aber hatte ich niemanden außer meiner Mutter, mit der ich meine Erinnerungen teilen konnte, meine Welt vor unserer Wanderung. Trotzdem dachte sie fast immer an ganz andere Dinge als ich.

Auf dem Platz hinter der Kirche spielten Kinder im Schatten der Häuser, die ich nicht kannte. Ich kannte ihre Namen nicht und wusste auch nicht, zu welchen Familien sie gehörten. Sie hatten Holzgewehre umgeschnallt, versteckten sich zwischen den dicken Stämmen der Buchen und ballerten von dort aus aufeinander. Dann liefen sie weiter, warfen sich zu Boden, hielten die Gewehre hoch und riefen sich gegenseitig zu, dass sie jetzt getroffen und tot waren.

Ein Junge, der vielleicht so alt war wie Hanno, zielte mit seinem Holzprügel auf mich, und als ich stehen blieb, rief er bumm, bumm. Dann lief er zurück zu seinen Kameraden und jubelte, dass er einen feindlichen Soldaten erschossen hatte.

Nein, hier an diesem Ort gab es keine Erinnerungen, die mir gehörten und die ich mit jemandem teilen konnte. Es würde bestimmt viele Jahre dauern, bis ich mit jemandem über Dinge lachen konnte, ohne alles erklären zu müssen. Und es war ein Irrtum gewesen zu glauben, dass wir überall bei uns wären, wo immer wir hingingen. Das sagte man zwar so, fiel mir in dem Augenblick ein, als der Junge mich mit seiner Holzsalve tötete, aber so war es nicht. Wir waren nicht mehr bei uns, sondern ganz woanders.

Eine Antwort auf unseren Brief ans Heim kam und kam nicht. Die Anstaltsleitung musste vergessen haben, uns zu schreiben. Oder sie hatte unsere Adresse verlegt. Bis im Spätsommer die Schule begann, saß ich vormittags vor unserem Haus herum und horchte auf das Quietschen und Klappern des Fahrrads, das die Briefausträgerin ankündigte. Wenn mich die schöne Erna von der Hauptstraße aus erblickte, hielt sie an und hob wie entschuldigend die Arme. Nur wenige Male winkte sie mich zu sich und sagte lächelnd, dass geduldiges Warten immer belohnt wurde, während sie in ihrer Tasche nach dem Schreiben kramte, aber dann war es nur ein Brief von Vater oder ein Behördenschreiben, sonst nichts.

Das ist der Krieg, sagte meine Mutter, der bringt alles durcheinander.

Dieser saublöde Krieg, sagte ich, und Mama machte pst und legte den Finger auf ihre Lippen.

Siegfried und ich hatten die Briefausträgerin *die schöne Erna* getauft, weil sie so blond war wie niemand hier und weil immer junge Männer um sie herumschwänzelten. Beim Sonnenbaden war sie zuerst allein gewesen, aber an den letzten Sonntagen waren drei, vier von ihnen aufgetaucht, hatten ihre Uniformen ins Gras geworfen und sich neben sie gelegt. Sie schäkerten miteinander, dann zogen sie Zigaretten aus ihren glänzenden Etuis und gaben nicht auf, bis auch die schöne Erna eine davon nahm. Manchmal stritten sie sich, wer ihr Feuer geben durfte. Und wenn alle ans Wasser liefen, hüpften sie um die schöne Erna herum und versuchten sie zu berühren oder zu kneifen. Sie schrie auf und stieß die Männer zurück, aber diese lachten nur. Ihr Geschrei und Gejohle waren so laut, dass wir in unserem Versteck auf der Linde fast jedes Wort hören konnten. Manchmal gelang es einem der Burschen, seinen Arm um ihre Hüften zu legen, dann blieben die anderen stehen und beobachteten, ob sie sich das gefallen ließ oder sich mit einer Drehung ihres Körpers aus der Umarmung wand.

Die hätten sie alle gerne, flüsterte Siegfried.

Stimmt, sagte ich.

Aber so schnell kriegen die sie nicht, sagte er, wetten wir? Dann boxte er mir in die Seite.

Sobald die Soldaten weg waren, bückte sie sich über den Korb, den sie mitgebracht hatte, und holte ihre Utensilien heraus. Sie sah sich in einem kleinen, blinkenden Spiegel an, fuhr sich über das Gesicht und kämmte ihr Haar. Dann blickte sie sich um, und wenn niemand in der Nähe war, streifte sie die Träger ihres roten Badeanzugs von den Schultern und legte sich auf ihr Handtuch zurück, um die Sonne zu genießen.

Einmal war einer der jungen Männer umgekehrt, er kauerte sich neben sie, und wir sahen, wie sie miteinander redeten. Plötzlich schnellte er vor, von oben sah es aus, als wollten sie sich küssen, aber gleich stieß ihn die schöne Erna von sich. Er sprang mit einem Satz auf die Beine, kurz hatte es den Anschein, als wollte er sich ein zweites Mal auf sie stürzen, aber dann wandte er sich ab, mit einer wegwerfenden Handbewegung, und ging davon.

Sie hatte sich aufgesetzt und blickte dem jungen Mann nach, der zwischen den Bäumen verschwand, ohne sich noch einmal umzudrehen. Sie strich ihre Badekleidung zurecht, ordnete die verrutschten Träger und legte sich wieder hin.

Das Rot ihres Badeanzugs hatte genau dieselbe Tönung wie all die Fahnen, die die Straßen und den Bahnhof hier schmückten. *Nazirot* heißt das, sagte meine Mutter, aber sie musste zugeben, dass es strahlender war als das blasse Rot der Sonnenuntergänge über den Hügeln oder das verschmierte Rotbraun der Vorhänge in ihrem Schlafzimmer. Nur die leuchtende Farbe die Geranien, die sie in Mariendorf am Fenster gehegt und gepflegt habe, könne mit dem Nazirot mithalten, aber das sei jetzt alles vorbei. Auch Siegfried sagte, dass das seine Lieblingsfarbe war, aber nicht wegen des Badeanzugs der schönen Erna, sondern wegen der Bewegung und der Volksgemeinschaft und weil er dazugehörte.

Wir harrten meist aus, bis die Postausträgerin ihre Sachen zusammenpackte und aufbrach. Sie wechselte den Badeanzug nicht, sondern zog einfach ihren Rock darüber und schlüpfte in die weiße Bluse. Wenn sie unter unserem Versteck vorbeifuhr, waren wir gespannt, ob sie uns bemerkte, in dem lindgrünen Laubdickicht, in dem wir uns verbargen. Einmal ließ Siegfried einen abgerissenen Zweig vor ihr Fahrrad fallen, aber sie trat unbeirrt weiter in die Pedale, ohne nach oben zu sehen.

Wenn ich allein war, legte ich mich manchmal aufs Bett, blätterte in meinem Giovinezza-Buch und dachte an Kathrina und an unser altes Dorf. Wenn ich die Augen schloss, gelang es mir, zwischen den Häusern herumzuspazieren, wie sie es mir ausgemalt hatte. Ich konnte durch das Fenster auf die Arbeit in der Metzgerei blicken oder am Eingang zur Schusterwerkstatt stehen und zusehen, wie die Gesellen hämmerten und die Schuhnägel durch die Sohlen trieben. Kathrina war an meiner Seite und während wir durch Mariendorfs Straßen flanierten, summten wir gemeinsam das Kinderlied von der *Farfallina bianca* und dem *Fiorellino*. Und wenn wir genug davon hatten, kam das nächste italienische Lied dran. Das vom Bart des *Negus*, dessen Haare gut als Bürste zu gebrauchen waren, das uns der Herr Bassolino stets hatte singen lassen, wenn er gut gelaunt war.

Ich stellte mit Erstaunen fest, dass ich kein einziges der Häuser vergessen hatte, die links und rechts von unserem Schulweg standen, und auch keine der Inschriften, die sie trugen. Weder die vom Gasthof Stern, auf dem nur noch *Stella* stand, noch das riesige *DUX* über dem Tor, das in den Hinterhof des Schneiderhauses führte.

Kathrina trug ihre Uniform der *Piccole italiane*, die in der Schule Pflicht war, und nach dem Unterricht zog sie mich in einen leeren Hauseingang, wo sie sich schnell umzog, den schwarzen Rock herunterstreifte und die weiße Bluse auszog. Ich musste aufpassen, dass niemand der Vorübergehenden sie in Unterwäsche erblickte, und wenn ich einen heimlichen Blick über meine Schulter warf, kreuzte sie die Arme vor der Brust und fauchte mich an. Die Uniform stopfte sie kurzerhand in ihre Schultasche, dann zuckelten wir weiter. Im Wald standen wir lange mit verschränkten Fingern vor dem verwesenden Hirschkörper und gemeinsam zogen wir Hanno in seiner Kutsche über die steinigen Wege und die holprigen Straßen. Im Schatten der letzten Häuser zeigten wir uns verstohlen die Linien unserer Handflächen, als wäre das etwas Verbotenes, und flüsterten einander zu, dass wir niemals jemandem von unseren Ausflügen erzählen würden.

Als ich die Augen wieder öffnete, fiel mir ein, dass ich von Kathrina nichts mehr gehört hatte, seit sie und ihre Familie gewandert waren. Wo sie wohl sein mochten? Mittlerweile wusste ich von Siegfried, wo dieses Vor-Adelberg lag, von dem sie in Mariendorf geredet hatte. Mein Freund kannte alle Städtenamen vom Unterricht, er zeigte mir Bregenz, Feldkirch und Dornbirn im Atlas und auch den großen See, mit dem Kathrina angegeben hatte.

Manchmal stand ich am Fenster und sah den Beerdigungen zu, den militärischen und auch den gewöhnlichen, denen ohne Musik und ohne Fahne, die über den Sarg gesenkt wurde. Wenn mich meine Mutter dabei ertappte, sagte sie, das sei nichts für mich, und jagte mich in die Küche. Sie aber blieb am Fenster stehen und tat genau das, was sie mir verboten hatte. Nachher kam sie zu mir, holte Vaters Briefe aus der Kredenz und las sie kopfschüttelnd. Das machst du mir nicht, flüsterte sie, das machst du mit uns nicht.

Vater war jetzt in Russland. Auf der langen Reise von Besançon dorthin war er für zwei Tage nach Sonnau gekommen. Er trug eine Uniform wie auf dem Foto im ersten Brief, küsste Mutter in der geöffneten Haustür und war fast die ganze Zeit fröhlich. Er brachte Geschenke mit, Mama kochte Apfelknödel in Milch, Vaters Lieblingsspeise, und dann schickten sie mich nach draußen zum Spielen, bis sie mich riefen. Am Abend durfte ich Vaters Uniformmütze aufsetzen und er zeigte mir, woran man einen Vorgesetzten erkannte und wie man ordentlich salutierte. Ich ärgerte mich, dass ich in der Schule einer der wenigen war, die keine richtige Uniform hatten. Mama war das egal, aber Vater sagte, er werde sich darum kümmern. Aber bevor er sich darum kümmern konnte, war er schon in Russland, auf den russischen Feldern.

Mama weinte ein bisschen, als er wegfuhr, aber wir trösteten uns, indem wir gemeinsam Pläne schmiedeten. Sie schlug vor, zwischen unserem Haus und dem Friedhof einen kleinen Garten anzulegen, wo wir Kartoffeln setzen würden, und dann wollten wir in den nächsten Wochen mit der Eisenbahn nach St. Josef fahren. Wir würden Hanno besuchen, der werde sich gewiss freuen, sagten wir zueinander.

Vielleicht kann er auch schon nach Hause, sagte ich.

Wenn er gute Fortschritte gemacht hat, sagte Mama, dann bestimmt.

Sobald als möglich würden wir den Zug nehmen wie vor ein paar Monaten und dieselbe Strecke zurückfahren, die wir gekommen waren. Mutter meinte, an einem der nächsten Sonntage müsse sie nicht im Laden stehen. Sie habe sich erkundigt, wo wir umzusteigen hätten, und wenn wir früh genug losführen, seien wir am Nachmittag dort und dürften mit Hanno sicher für einige Zeit das Heim verlassen. Wir würden unter den Bäumen des angrenzenden Wäldchens spazieren gehen, uns gemeinsam auf eine Bank setzen, die Spitzen der hohen Berge bewundern, der Tiroler Berge, sagte Mama, und Hanno könne uns zeigen, was er alles gelernt habe.

Ich würde ihm Vaters Geschenk aus Frankreich mitbringen. Eine Schneekugel aus Glas, so groß, dass ich beide Hände brauchte, um sie zu umfassen, in deren

Mitte ein kleiner, spitzer Turm in die Höhe ragte. Der Eiffelturm, hatte Vater gesagt, der berühmte Eiffelturm. Und wenn man die Kugel schüttelte, schneite es in ihr; lichte, weiße Flocken füllten das Rund des Glasballs aus und schwebten langsam zu Boden. Ich habe dir den Winter mitgebracht, würde ich zu Hanno sagen, mit Schnee und Weihnachten, und den kannst du jetzt überallhin mitnehmen. Ich stellte mir vor, wie er staunen würde und große Augen machen.

Später könnten wir am Waldrand Hirschkäfer suchen gehen, dachte ich mir aus, und sie heimlich über Mutters Bluse kriechen lassen. Wir würden uns ansehen, Hanno und ich, und voller Anspannung sein, ob sie es bemerkte und aufschrie. Und wenn Vater vielleicht dieser Tage den Urlaub hätte, den er in einem Brief angekündigt hatte, dann wäre er mitgekommen und wir wären alle zusammen gewesen.

Aber ein Schreiben in einem gelben Umschlag machte all unsere Pläne zunichte. Es war an Vater adressiert, und ich legte es so auf die Anrichte, dass Mama es gleich sehen musste. Noch während sie das Schreiben überflog, tastete sie mit der Hand nach einem Stuhl und setzte sich. Wie geistesabwesend hatte sie ihn herangezogen und dann begann sie halblaut, noch einmal von vorne zu lesen. Sie müssen ihn weggebracht haben, murmelte sie.

Sie mussten Hanno weggebracht haben, denn der Brief kam nicht aus St. Josef, sondern aus einem Ort, der Kaufbeuren hieß. *Heil- und Pflegeanstalt Kaufbeuren-Irsee* stand im Schreiben, und die Anstalt wollte alles über Hanno wissen, von seiner Geburt bis zu ärztlichen Bescheinigungen, von gesundheitlichen Problemen in den ersten Jahren bis zu Medikamenten, die ihm verschrieben worden waren. Es sei dringend, stand da, die Anstalt wolle Genaueres über die Entwicklung des Kindes Anton Unterweger in Erfahrung bringen. Alsbald, dieses Wort hatten sie doppelt unterstrichen.

Nach dem Mittagessen setzten wir uns an den Küchentisch und Mama diktierte mir, was sie wusste. Es wurde ein Seufzernachmittag, weil wir auf viele Fragen keine Antwort hatten. Wir schrieben, dass Antons Geburt lange gedauert hatte, aber sonst ganz normal gewesen sei, und im Kleinkindalter habe es Wachstumsprobleme gegeben. Wachsprobleme, hatte Mutter zuerst diktiert, beim Gehen und Sprechen, schließlich war ihr das richtige Wort doch noch eingefallen. Wir schrieben von den Anfällen, zählten die Nahrungsmittel auf, die Hanno schlecht vertrug, und dass der Arzt im Dorf von einem Schicksal gesprochen hatte, wo man am Ende nicht viel machen könne.

Zum Schluss verabschiedeten wir uns mit *Heil Hitler*, weil auch die Anstalt das so gemacht hatte. Dann legten wir noch ein Blatt bei, auf dem wir uns bedankten und für die Mühe entschuldigten, welche die Pflegerinnen und Ärzte in der Anstalt mit Hanno hatten, und Mama unterschrieb. Ich sah ihr zu, wie sie die vielen Buchstaben ihres Namens schön nacheinander und sauber zuunterst hinstellte.

Wir wussten beide nicht, wo Kaufbeuren war in diesem Deutschen Reich, vielleicht war es gar nicht so weit entfernt. Mama sagte, sie werde den Ladenbesitzer fragen, den Herrn Plötzinger mit den Krücken und dem einen Bein. Der sei schon viel herumgekommen und kenne sich aus im ganzen Land.

IV

Im ersten Winter, den wir in Sonnau verbrachten, hoffte ich jeden Tag, dass das Wetter umschlug und es zu schneien begann. Aber mit dem Schnee schaute es nicht gut aus in diesem Oberdonauland. Alle, denen ich begegnete, sagten, hier würde es so gut wie nie schneien, und wenn, dann verwandle sich der Schnee innerhalb von ein paar Stunden in Matsch. Siegfried erzählte, es habe nur einmal in seinem Leben hier richtig geschneit, so viel, dass man Gänge graben musste, um von einem Haus zum anderen zu kommen. Vor drei Jahren, kurz vor Silvester, aber am Neujahrstag sei schon wieder alles aper gewesen und braun.

Die Liebe zum Schnee teilte ich mit meiner Mutter, aber wenn man es ganz genau nahm, war es die Liebe zum Schneefall. Mama konnte es in der Luft riechen, bevor es zu schneien begann, und wenn es dann losging, rannten wir ans Fenster, um den ersten Flocken zuzusehen, die aus dem grauen Himmel herabschwebten. Wir setzten unsere Mütze auf und schon waren wir im Freien, ich schleppte Hanno in die Mitte des Hofs, und vor Begeisterung schrien wir uns gegenseitig an, fiel eine der feinen Flocken auf unsere ausgestreckten Hände, auf unseren Kopf, auf unsere Schultern. Mama stand lächelnd dabei, legte ihren Kopf in den Nacken und ließ es zu, dass die Flöckchen auch auf ihre Wangen fielen, ihre Lippen und ihre zuckenden Augenlider. Wir machten es ihr nach, öffneten weit den Mund und schmeckten die Kälte des beginnenden Winters auf der Zunge. Manchmal legten wir uns auf den Rücken, Hanno und ich, und sahen mitten hinein ins Gewirbel, in diese kreisende Atembewegung des Himmels. Und bald hatte man das Gefühl, dass man sich mitdrehte und hineingezogen wurde ins Flockengetümmel, sodass man die Augen schließen musste, um nicht schwindlig zu werden.

Wenn es einmal losbrach über unserem alten Dorf, konnte es stundenlang schneien, nächtelang. Der schwarze Wald wurde weiß, der Schnee häufte sich auf den Ästen der Akazien und Fichten und drückte sie nach unten, er verhüllte die Zäune, die Hecken und Häuser und machte die Welt still. Die Schulvormittage waren, als würden sie flüstern, die Nachmittage dehnten sich gähnend und die hereinbrechende Nacht erstickte jeden noch verbliebenen Laut. Nur wenn man das Fenster öffnete und gut hinhörte, konnte man das wischende Geräusch wahrnehmen, mit dem eine Schneelast von einem überladenen Baum zu Boden glitt.

Das erste Mal, als ich Hanno nach draußen schleppte, lagen gerade einmal drei, vier Zentimeter. Ich ließ ihn vor der Haustür langsam zu Boden sinken, er aber wimmerte los und zog ängstlich seine Füßchen zurück, als würde er dem unbekannten Weiß nicht trauen. Erst als er spürte, dass es ihn trug und er nicht ins Bodenlose fiel, lachte er auf; und dann konnte er nicht mehr genug kriegen.

Es war irgendwann im ersten Frühling hier, als ich eines Morgens erwachte und mich bereits das dämmrige Licht, das ins Zimmer drang, an Schnee denken ließ. Noch bevor ich die Vorhänge zurückzog, war ich mir meines Gefühls sicher. Und tatsächlich: ein dichter Schwarm Flocken hüllte alles ein, was ich von meinem Fenster aus sehen konnte, die Kirche, das Straßenstück, den Friedhof. Alles war grau oder weiß, die einzigen Farben, die vom aufblühenden Frühling noch geblieben waren. Ich rief nach Mama und öffnete das Fenster. Auf der Wäscheleine balancierte eine dünne Linie Schnee, bestimmt würde sie jeden Moment zu Boden fallen. In der Luft war ein feines Rauschen, jeder Laut wie in Watte gepackt. Sogar das Muhen der Kühe, die in den Ställen nach Futter brüllten, hörte sich an, als käme es aus weiter, weiter Ferne.

Vielleicht schneite es jetzt in Kaufbeuren genauso, in Kaufbeuren, wo Hanno seit Kurzem war, und er konnte im weiß bedeckten Innenhof des Heimes Fuß vor Fuß setzen und das Laufen ohne fremde Hilfe versuchen.

Ich stellte mir seine vorsichtigen Schritte vor, hörte das Knirschen der Winterschuhe im frischen Schnee und spürte die Finger, die später dann vor Kälte brennen würden im warmen Zimmer; das hatte man davon, wenn man bei der Schneeballschlacht mit den anderen die Handschuhe vergaß. Oder er saß mit ihnen im Klassenraum, wo neue Wörter ausprobiert wurden, welche der Lehrer an die Tafel geschrieben hatte. Ein Kind nach dem anderen setzte ein, bis alle gemeinsam im Chor die vielen Schneewörter erklingen ließen: Flocke, Frost und Kristall, Schneefall und Schlittenfahrt. Und draußen in den Winterwiesen der zunehmende Nordwind, der die Graupelkörner gegen die Scheiben klopfen ließ. Dann sah ich Mama unter dem Fenster vor den Eingang treten, in ihrer Hausschürze und ohne Kopftuch, sie drehte mir ihr Gesicht zu und winkte und lachte.

Der Schnee auf den Dächern und Bäumen blieb fast eine Woche liegen, dann kam der Frühling zurück mit dem warmen Südwind, der die Straßen und Felder im Nu auftrocknete. Ich brauchte keine Mütze mehr und Mama konnte endlich die eleganten Sommerschuhe anziehen, die ihr Vater letzten Herbst aus Frankreich mitgebracht hatte. Auf einer Karte des Deutschen Reiches hatten wir Kaufbeuren gefunden, es war weniger weit entfernt, als wir dachten, aber ehe wir es so richtig kapierten, war etwas Schreckliches passiert. Etwas, was niemals jemand denken konnte.

Aus der Heilanstalt in Kaufbeuren hatten sie uns geschrieben. Sie hatten einen Brief geschickt, in dem stand, dass Hanno nicht mehr lebte. Dass das Kind Anton Unterweger an einer Lungenentzündung gestorben war. Das war alles.

Ich konnte nichts ahnen von alledem, als ich den Umschlag von der schönen Erna entgegennahm. Sie war mit Schwung bis vor unsere Haustür gefahren und als sie mich sah, sagte sie, dass ich schon wieder gewachsen war seit unserer letzten Begegnung. Sie sagte es lachend, dann beugte sie sich nach hinten und kramte in ihrer Ledertasche nach dem vergifteten Brief. Ich hatte nicht den leisesten Verdacht, auch dann nicht, als ich ihn zwischen meine Finger nahm, vorsichtig, um ihn nicht zu beschmutzen, und ihn ins Haus trug, auf den Küchentisch legte. Meine Mutter riss ihn mit erwartungsvoller Miene auf, aber dann sank ihr Arm plötzlich nach unten. Sie machte zwei Schritte vom Tisch weg, blieb stehen und blickte dem aufgefalteten weißen Blatt nach, das ihr aus den Händen gerutscht war.

Mama?, sagte ich.

Sie machte noch zwei tapsige Schritte, bis sie dicht vor dem Fenster stand, das nach draußen auf die Wäscheleine zeigte und auf die Mauer des Friedhofs. Sie griff nach dem Vorhang, als wollte sie ihn zuziehen, aber dann zog sie ihre Hand wieder zurück und stützte sich mit den Armen auf das Fensterbrett.

Mama?, sagte ich wieder, aber sie hörte mich nicht.

Sie konnte mich nicht hören, denn der Boden hatte sich aufgetan und in einem ohrenbetäubenden Rauschen hatte er unsere Küche verschlungen, unser Haus mit all den Dingen, mit meiner Mutter samt dem geblümten Kopftuch, das ihr auf die Schultern rutschte, und mit all den Buchstaben, die sich zu bösen Wörtern zusammenfanden in einem Brief. Es war ein Rauschen, das alles mit sich riss und erst langsam, langsam ausdünnte und anderen Geräuschen Platz ließ, dem fernen Muhen der Kühe und den Stundenschlägen vom nahen Kirchturm.

Der Doktor der Anstalt hatte geschrieben, dass Hanno gestorben war. Dass Hanno tot war, hatte er geschrieben, aber ich konnte es nicht glauben. Je schneller ich den Weg hinunter zur Donau lief, desto weniger wahr wurde es. Ich spurtete quer über die Hauptstraße, dann am Hauptplatz vorbei, hinter den letzten Häusern sprang ich über das geschlossene Gatter, wo der Weg über die Felder begann. Die Frühlingssonne stand über den Bäumen und warf dunkle Schatten, ich hörte meine Sohlen auf den festgetretenen Untergrund hacken, so laut, dass sie alles übertönten. Ich rannte so schnell ich konnte. Ich rannte über die in den Schatten schwankenden Lichtflecken hinweg, über Mamas Bild, wie sie am Fenster erstarrt war, ich rannte davon. Ich lief über das Seitenstechen hinweg, über das Brennen und Keuchen im Brustkorb, über die Wörter, die von einem Brief in meinen Kopf gelangt waren. Bei unserem Baum hievte ich mich ganz nach oben, von einem Ast zum anderen, so weit, wie Siegfried und ich uns nie getraut hatten. Die Astgabel, in die ich mich klemmte, schwankte unter meinem Gewicht, aber hier oben bekam ich endlich wieder Luft. Nein, mein Bruder war bestimmt nicht tot.

Die Donau unter mir floss lautlos dahin, das Wasser schien beinahe stillzustehen. Alles war wie betäubt, alle Töne der Umgebung weit weg hinter den Wolken. Ich hielt mich mit beiden Händen an den schaukelnden Zweigen fest und begriff langsam, wo ich gelandet war. Auf einmal drangen auch die Geräusche der Donau zu mir durch, ein Rauschen und Rufen, ein rhythmisches Auf und Ab, ein Brausen, das anschwoll und wieder abebbte, und dann ahnte ich, was das war. Lange Zeit war nichts zu sehen, aber dann tauchten sie hinter der Flussbiegung auf. Ein Achter, ein langes, schmales Ruderboot, elegant glitt es dahin, flussabwärts, und das von den Riemen perlende Wasser glitzerte im Licht der hoch stehenden Sonne. Es hatte den Anschein, als würde das Boot von einer einzigen Bewegung weitergetragen. Als gehörte alles zusammen: wie die acht nackten Oberkörper sich gleichzeitig nach vorne bewegten, das Hochdrücken der Knie, das Eintauchen der Riemen ins Wasser und dann der energische Zug der Arme. Und das Ganze gelenkt von den Kommandos des Steuermanns, seinem Hoh-Hoh-Hoh, das den Rhythmus bestimmte. Im Gegensatz zu den Ruderern war er ein blasser Junge, mager und schmächtig, der mit der einen Hand das Megafon hielt und mit der anderen das Steuer.

Als das Boot unter mir vorbeischoss, drehte der Junge seinen Kopf für eine Sekunde und warf mir einen verwunderten Blick zu, hoch hinauf ins Geäst. Der Fahrtwind strich die dünnen rötlichen Haare aus seiner Stirn, das konnte ich deutlich sehen, und mein toter Bruder war wieder da, wie er sich auf dem Gang des Kinderheims nach uns umdrehte, ein verschlepptes Tier.

Mama war am Fenster stehen geblieben, kopfschüttelnd, beide Arme auf das Fensterbrett gestützt. Ich bückte mich, um den zu Boden gefallenen Brief aufzuheben, und sie sah mich dabei an, als wäre alles nur ein großer Irrtum. Sie lachte kurz auf, als mir das Papier ebenfalls aus den Händen glitt und ich nochmals in die Knie ging, um es aufzulesen, aber schon war ihr Blick wieder draußen, im beginnenden Nachmittag, in der Helligkeit des Sonnenlichts, das die Einsprengsel aus Katzensilber in der Friedhofsmauer zum Glitzern brachte.

Aber es ist doch eine Heilanstalt, sagte sie unvermittelt.

Auch der Herr Plötzinger und der Herr Jochberger konnten uns nichts anderes sagen, als dass Hanno tot war. Sie drehten den Brief in ihren Händen und meinten, dass es ein schlimmes Schicksal war, das man aber nicht ändern konnte.

Der Herr Plötzinger hatte seine Krücken an die Tischkante gelehnt und während er Mama den Schnaps einschenkte, den er mitgebracht hatte, sagte er, keiner wisse, was in diesen Zeiten alles noch auf ihn zukomme. Auch die Tochter einer fernen Bekannten sei in so ein Kinderheim gebracht worden, von einem Tag auf den anderen, und niemand habe erfahren, was aus ihr geworden sei. Der Herr Jochberger entgegnete darauf, alle von uns müssten Opfer bringen, auch wenn das schwer sei, aber das sei man dem *Volkskörper* schuldig. Dem gesunden Volkskörper sei man das schuldig.

Mir fiel plötzlich das pfeilschnelle Ruderboot ein und dass die Ruderer allesamt mit dem Rücken zur Fahrtrichtung saßen und daher nicht sahen, wohin sie fuhren. Mit der ganzen Kraft ihrer Muskeln trieben sie das Boot so schnell sie konnten vorwärts und hatten keine Ahnung, was sie erwartete. Ob sie auf Stromschnellen zufuhren, ob eine Fähre ihren Weg kreuzte oder ob ein Baumstamm auf ihrer Bahn im Wasser trieb. Einzig der schmächtige Junge mit Hannos Haaren saß mit dem Blick nach vorne, aber so tief im Bootsheck versenkt, dass er wohl kaum über die Körper der Ruderer hinweg eine Gefahr hätte erkennen können. Vielleicht war es ihm auch egal und wichtig war einzig seine Aufgabe, den Rhythmus der Schläge vorzugeben und sonst nichts.

Der Herr Jochberger trank seinen Schnaps aus, in einem Zug, und stellte das Glas mit einem Ruck auf den Tisch, dass es knallte. Als sich die Männer verabschiedeten, boten sie meiner Mutter an, sie nach Kaufbeuren zu begleiten, um Hannos Grab zu besuchen, aber sie schüttelte nur den Kopf. Die Ruderblätter, die in absoluter Gleichzeitigkeit ins Wasser der Donau getaucht wurden, hatten Mamas Lieblingsfarbe gehabt, dieses schöne Geranienrot, aber ich wusste nicht, ob es sie tröstete, wenn ich ihr davon erzählte.

Einen Monat später fuhr sie dann doch nach Kaufbeuren, zusammen mit Vater, dem man Urlaub gewährt hatte. Mama hatte ihm den Anstaltsbrief an die Front geschickt und Vater war zwei Wochen später nach Sonnau gekommen. Ich hatte schon geschlafen und am frühen Morgen kamen beide in mein Zimmer und teilten mir mit, dass sie jetzt losfahren würden. Sie hätten beschlossen, mir die weite Fahrt nicht antun zu wollen, ich solle zu Siegfrieds Mutter gehen, bei der ich essen könne und die nächsten Tage bleiben, bis sie zurückkehrten. Sie hätten schon alles geregelt.

Ich verbrachte den ganzen Tag mit Siegfried, wir trieben uns an unseren Plätzen an der Donau herum, im Wäldchen sammelten wir Brennholz für den Ofen und schleppten es in die Scheune, die zu Siegfrieds Elternhaus gehörte. Am Nachmittag war ein Brummen in der Luft gewesen, das unsere Unternehmungen begleitet hatte, und als es stärker wurde, kletterten wir auf das Dach des Schuppens. Wir legten uns mit dem Rücken auf die moosbewachsenen Dachbretter, um keinen der Flieger zu verpassen, die kurz im Sonnenlicht blinkten und dann wieder zwischen den hohen Wolken verschwanden. Später tauchte eine ganze Horde am Himmel über den Sonnauer Hügeln auf, lauter winzige Kreuze, die durchs Blau zogen, alle in dieselbe Richtung. Wie ein Schwarm dressierter Vögel, fiel mir ein.

Das mit deinem Bruder tut mir leid, sagte Siegfried. Er fragte, was ihm denn gefehlt habe.

Die Lunge, sagte ich, die Tuberkulose auf der Lunge.

Und daran stirbt man?

Keine Ahnung.

Mein Freund zeigte nach oben und fuhr mit dem Finger die Richtung nach, in welche die Maschinen abdrehten. Das sind die Unseren, sagte er, ich höre das an den Motoren.

Meine Mutter hat mir erklärt, sagte ich, dass man keine Luft mehr bekommt mit dieser Tuberkulose und der kaputten Lunge. Du versuchst zu atmen, aber es geht nicht. Und dann erstickst du.

Bevor es zu dunkeln begann, holte uns Siegfrieds Mutter vom Dach. Sie meinte, dass die Flugzeuge amerikanische Bomber waren, und fragte mich, ob ich lieber daheim schlafen wolle oder bei ihnen. Daheim, sagte ich, bei uns zu Hause. Sie trug mir auf, ja kein Licht zu machen, wenn es dunkel werde.

Zu Hause saß ich ein bisschen in der Küche herum, bis mir langweilig wurde, dann ging ich nach oben in meine und Hannos Kammer. Erst da wurde mir bewusst, dass ich ganz allein war. Vater und Mutter besuchten Hannos Grab und ich wälzte mich im Bett hin und her. Ich konnte lange nicht einschlafen, weil sich plötzlich wieder die Geräusche in die Stille bohrten, genauso wie in der ersten Nacht, die ich hier verbracht hatte. Bald ächzte ein Balken oder eine Bodendiele, ich schreckte jedes Mal aus dem Halbschlaf auf und kaum hatte ich mich wieder beruhigt, knarrte ein Fensterbalken oder es knisterte in der Wand, an die ich mein Kissen gedrückt hatte. Ich zog mir die Bettdecke über den Kopf und dachte an die Flugzeuge, an die im Sonnenlicht glänzenden Maschinen, die wir beobachtet hatten, und an die, die mir Siegfried in seinem *Bilderbogen vom Kriege* gezeigt hatte, dem Heftchen, in dem all die Bomber und Jagdflugzeuge, die Stukas und Jäger der Deutschen abgebildet waren.

Vater behauptete, man müsse sich nur eine Herde Schafe vorstellen, die man zu zählen versuche, eins nach dem anderen, dann könne man garantiert einschlafen. Und so zählte ich die Maschinen, die durch meinen Kopf flogen, und wenn sie vorbeigezogen und im Dämmerlicht des Zimmers verschwunden waren, ließ ich neue auftauchen und ihre Runden drehen. Allmählich spürte ich, wie ich in eine dunkle Tiefe sackte und wie alles, was mich geplagt hatte, sich von mir entfernte, aus meinem Bett, aus meiner Kammer, aus unserem Haus. Irgendwo draußen, weit draußen lösten sich alle Geräusche auf oder fielen in eins mit dem, was schon da war, dem Rauschen der Bäume, dem Plätschern der Donau, dem Summen der Flieger am Himmel.

In meinem Traum saß Hanno neben mir auf dem Strohsack und tippte mit dem Zeigefinger gegen meine Schulter.

Mama wegfahren, sagte er und sah mich mit großen Augen an.

Was machst du hier?, fragte ich und setzte mich behutsam auf.

Mein Bruder war streng gescheitelt, sein dünnes Haar war aus der Stirn gekämmt und lag flach auf dem Oberkopf. Es sah aus, als hätte man den Kamm mit Wasser benetzt, bevor man Hannos Maushaare bearbeitet hatte. Er ließ den Blick nicht von mir, während er sich mit einem Arm auf dem Kissen abstützte, das für ihn gedacht gewesen war; mit dem anderen langte er nach hinten und zauberte die Stange eines Hirschgeweihs zwischen unsere Körper, eine einzelne Stange mit fünf oder sechs Enden.

Mitgebracht, sagte er und lächelte, aus dem schwarzen Wald.

Für mich?, fragte ich.

Für dich.

Dann fragte ich ihn noch einmal, was er hier mache.

Was machst du hier? Alle sagen, dass du tot bist.

Mein Bruder schüttelte den Kopf. Wie konnte er tot sein, wenn er hier war?

Weil, sagte er, weil –. Er stockte und runzelte die Stirn, als würde er überlegen. Jetzt bin ich hier, sagte er schließlich, das siehst du doch.

Er hatte kaum mit den Wörtern zu kämpfen, das fiel mir jetzt auf. Er stockte zwar hin und wieder, aber dann holte er Atem und die Sätze kamen glatt und ohne langes Zögern aus seinem Mund. Kein Laut, der verschluckt wurde, kein Wort, das ihm auf der Zunge zerbrach. Es war ganz anders als früher, aber dann kam mir in den Kopf, dass wir ihn deswegen ja in dieses Heim gebracht hatten.

Ich fragte ihn, ob er es auch schaffe, allein zu gehen, auf seinen Beinen, ohne fremde Hilfe. Weil seine Kutsche hätten wir verschenkt.

Von hier bis zum Katzenbaum bei der Schule, sagte Hanno und lächelte, das geht leicht.

Du meinst den Akazienbaum?

Sag ich ja.

Beim Umdrehen schob er die Geweihstange gegen meine Füße und jetzt bemerkte ich, dass sie voller Schmutz war. An einigen Stellen haftete Moos an der knubbeligen Oberfläche und die abbröckelnde Erde verdreckte unser Leintuch. Hanno kümmerte sich nicht darum, er rückte näher zu mir, legte den Kopf neben meinen Oberschenkel, den Arm um meine Hüfte und schloss die Augen. So, wie er es früher gemacht hatte, kurz vor dem Einschlafen, früher in Mariendorf, bevor wir gewandert waren.

Ich sagte ihm, er solle ruhig schlafen, wenn er müde sei, und zog die Decke über seinen schmalen Körper. Da fiel mir auf, dass er noch seine Schuhe trug, die hohen Winterschuhe aus Leder, die ihm Mama für St. Josef mitgegeben hatte. Es waren einmal meine gewesen, und als sie mir zu klein geworden waren, hatte sie sie für Hanno beiseitegelegt. Ich rutschte unter seinem Arm durch und knüpfte die Schnürsenkel auf. Es war ein Leichtes, die Schuhe abzustreifen, denn sie waren ihm zu groß; und meine Hände kannten sie noch, ihr Gewicht und das dünne Leder der Lasche. Ich ließ mich zu Boden gleiten und stellte sie unters Bett, direkt neben meine Sandalen. Dann legte ich mich zurück auf den Strohsack, an Hannos Seite, und sah ihm zu, wie er einschlief. Wie er ausgestreckt dalag, die eine Hand auf seinem Ohr, die andere unter der Bettdecke, und wie er atmete mit halb geöffnetem Mund. Wenn er ausschnaufte, kam ein leises Stöhnen aus seiner Brust, allmählich aber wurde sein Atem so leicht und geräuschlos, dass ich versucht war, mich über ihn zu beugen und mein Ohr an seinen Mund zu legen. Es war eigenartig, mein Bruder war wieder da, er atmete neben mir und schlief, als wäre es nie anders gewesen.

Als ich mit zwei Fingern über seine Wange strich und den entblößten Hals entlangfuhr, spürte ich, dass er völlig erhitzt war. Ich öffnete die oberen zwei Knöpfe an seinem Hemd und schlich mich ans Fenster, um es aufzumachen und frische Luft in die Kammer zu lassen. Dann legte ich mich wieder an seine Seite, hörte seinen Atemzügen nach, und auf einmal war mir, als wären wir ganz woanders, wie zurück in Mariendorf und in vergangenen Zeiten. Durch die Vorhänge sickerte das Mondlicht auf unser gemeinsames Bett, das Zimmer füllte sich mit den Düften des nahen Waldes, dem Geruch von Holunderblüten, von frischen Fichtentrieben und dem Moder des Unterholzes. Hinter dem leisen rhythmischen Rasseln aus Hannos Kehle konnte man das Schnauben der brunftigen Hirsche vernehmen, weit weg, aber wenn man sich aufrichtete und die Ohren spitzte, war es mitten im Raum.

Als ich erwachte, war mein Bruder weg. Sein Kissen aber war eingedrückt, die Bettdecke lag da, als hätte sie jemand ans Fußende gestrampelt. Auch die Geweihstange fehlte, genauso wie Hannos Schuhe, und als ich mich bückte, sah ich, dass meine Sandalen weit unter das Bett geschoben waren.

Von unten rief Siegfried und warf Steinchen gegen die Scheiben. Er stand auf der Straße, und bevor ich noch das Fenster aufmachen konnte, kam schon der Lärm der Lastwagen herein, die hinter ihm vorbeifuhren. Siegfried winkte mir, dass ich hinunterkommen sollte. Wir setzten uns auf den Stiegenaufgang, mit dem Blick zur Straße, und beobachteten die Kolonne von Wehrmachtsfahrzeugen, die mitten durch den Ort brauste. Auf den offenen Ladeflächen saßen Soldaten in Zweierreihen. Sie trugen Stahlhelme und hielten ihre Gewehre zwischen den Knien. Hinter den Lastautos fuhren einige Motorräder mit Beiwagen und am Ende der endlos scheinenden Kolonne kamen drei Autos mit großen roten Kreuzen auf der Dachfläche und an den Seiten.

Siegfrieds Mutter sagte beim Mittagessen, dass es Soldaten auf dem Rückzug waren, die durch den Ort fuhren, weil die Hauptstraßen jenseits der Donau schon unpassierbar seien. Aber als sie uns den Rücken zuwandte, um das schmutzige Geschirr abzutragen, tippte Siegfried mit dem Finger gegen seine Stirn und flüsterte mir zu, dass seine Mutter verrückt war und vom Krieg schon gar nichts verstand.

Wir hatten beide versucht, in die Gesichter der Soldaten zu schauen, ich mit dem Gedanken an Vater, obwohl ich wusste, dass er keineswegs dabei sein konnte, er war ja mit meiner Mutter nach Kaufbeuren gefahren. Siegfried habe an seine Brüder gedacht, wie er mir einige Tage später erzählte, seine älteren Brüder, die irgendwo im Osten im Kriegseinsatz waren.

Wir saßen hoch oben auf unserem Baum und er schilderte mir die Kampfübungen, die er mit seinen Kameraden vom Jungvolk absolvieren durfte, als er in seinem Redefluss innehielt, weil von irgendwoher

Motorenlärm ertönte, der aber sofort wieder erstarb. Und dann sagte er, einer seiner Brüder sei gefallen und er habe mich angelogen.

Mein Bruder, der Johann, sagte er, der Johann, der ist gefallen, und er nickte vor sich hin.

Wie, gefallen?, fragte ich.

Der Krieg hatte noch gar nicht richtig angefangen, sagte er.

Plötzlich schien es mir gefährlich zu sein, so weit draußen in der schwankenden Astgabel zu sitzen, darunter der festgetretene Weg und der Donaustrom mit seinen Untiefen. Siegfried bemerkte, dass ich nach innen rückte und mit der Hand nach einem besseren Halt suchte. Dann lachte er auf.

Der Johann ist gefallen, sagte er, aber nicht vom Baum. Verstehst du?

Ja, sagte ich, er ist tot.

Ich kann es immer noch nicht glauben, und jedes Mal, wenn ich irgendwo Soldaten sehe, muss ich hinschauen, ob er nicht dabei ist.

Wie vorgestern auf den Lastwagen, sagte ich.

Wie vorgestern, sagte er.

Sie hätten Besuch bekommen, erzählte er dann, vom Pfarrer und dem Ortsgruppenleiter, eines Tages seien sie vor der Tür gestanden und hätten ihnen gesagt, dass der Johann gefallen war. Er habe zuerst nicht verstanden, was das bedeute, erst als seine Mutter ihn an sich gezogen und angefangen habe zu weinen.

Seitdem weiß ich das vom Feld, sagte Siegfried. Der Johann ist im Feld geblieben, so haben sie es uns erklärt, mit diesen Worten. Er ist einfach nicht mehr heimgekommen.

Von diesem Feld, sagte ich.

Es hat auch keine Beerdigung gegeben und keinen Sarg, nur ein paar Habseligkeiten haben sie uns geschickt.

Habseligkeiten?, fragte ich.

Seine Uhr, sagte Siegfried und zeigte auf die Uhr mit dem Metallarmband, die er am Handgelenk trug. Seine Brieftasche mit den Fotos, nicht viel mehr.

Vielleicht ist er gar nicht tot, sagte ich.

Vielleicht, sagte Siegfried.

Dann kletterten wir nach unten. Die Donau war so ruhig wie kaum einmal in dieser Jahreszeit, die Wasseroberfläche war spiegelglatt, und wenn man nicht genau hinschaute, hätte man meinen können, dass sie gefroren war. Aber es war ein warmer Frühlingstag und wir standen eine Zeit lang am Ufer, an der Stelle, wo man leicht auf die andere Seite schauen konnte, auf die Bäume, die sich dort zum Wasser neigten. Wir standen da und ich legte einen Arm um Siegfrieds Schultern und er einen um meine. Später haben sie uns ein Kreuz geschickt, sagte er, ein eisernes Kreuz.

Meine Eltern kamen am nächsten Tag zurück. Vater musste weiter zu seiner Kompanie und Mama sagte mir, dass Hanno ein kleines Grab mit einem hölzernen Kreuz und seinem Namen darauf bekommen hatte. Dann packte sie seinen Koffer aus, die Wäsche, die wir ihm mitgegeben hatten, die Sandalen, eine kurze Hose und zwei Mützen. Die Winterschuhe waren nicht dabei. Mama erzählte, dass sie wegen der Fliegerangriffe viel länger unterwegs gewesen waren als gedacht. Immer wieder hätten sie in einem Bahnhof warten müssen, weil eine Verbindung unterbrochen gewesen sei, einmal seien sie auch zu Fuß von der offenen Strecke in den Wald geflüchtet, um dort Schutz zu suchen. Gewiss seien es die Flugzeuge gewesen, die Siegfried und ich am Tag zuvor beobachtet hätten, das sagte ich Mutter, und als sie mir über den Kopf strich, ging ein kurzes Lächeln über ihr Gesicht.

Am Abend schickte sie mich zum Bauern, wo ich Milch holen sollte. Der Hof lag auf einer kleinen Anhöhe außerhalb der Ortschaft und ich wartete vor dem Kuhstall, bis die Bäuerin ihre Arbeit erledigt hatte. In der Küche schüttete sie etwas von der schäumenden, kostbaren Flüssigkeit aus ihrem großen Eimer in meine Henkelkanne, setzte den Deckel darauf und ermahnte mich, direkt nach Hause zu gehen. Sie fragte mich, ob ich Hunger hätte, dann schnitt sie eine Scheibe Brot von dem runden Laib ab, der auf dem Tisch lag, und drückte sie mir in die Hand.

Es dämmerte schon, als ich heimging, und ich glaubte, in dem lichten Waldstück ein Rufen und ein

Tappen wie von unsicheren Schritten zu hören. Zwischen den Stämmen verschwamm ein Schatten, dann trat ich ins Freie und auf einmal war Hanno da.

Da bist du ja, sagte er.

Hanno, sagte ich.

Ich sah, wie er auf die Hand schielte, in der ich die angebissene Scheibe Brot hielt.

Hast du Hunger?

Er nickte und ich reichte ihm den Rest, den er mit zwei Bissen verschlang. Dann verlangte er nach mehr und ich musste ihm sagen, dass ich nur das eine Brot bekommen hatte.

Mein Bruder sah genauso aus wie vor zwei Tagen, als er in unserem Zimmer aufgetaucht war, mit seinem dünnen, gescheitelten Haar. Er trug das gestreifte Hemd und meine alten Winterschuhe. Er sah mich von unten an, als erwartete er, dass ich doch noch von irgendwo etwas Essbares herzaubern würde, und ich vertröstete ihn auf ein andermal.

Morgen, sagte ich, ich spar dir was vom Frühstück auf.

Er nickte und meinte, dass er lange schon nicht mehr satt geworden war, und zeigte mir mit ausgebreiteten Armen den Umfang seines Hungers an.

Du bist nicht tot?, fragte ich.

Nein, sagte er.

Aber wie kommst du hierher?, fragte ich, in diesen Oberdonaugau.

Einfach so, sagte Hanno, du bist ja auch da.

Er suchte meine Hand und dann trottete er neben mir her mit kleinen, hüpfenden Schritten. Er war da an meiner Seite, ähnlich wie es früher immer gewesen war, und begleitete mich auf dem Rückweg in den Ort. Den einen Fuß zog er etwas nach, aber die Beine trugen seinen Körper, ganz anders als vor seiner Einlieferung in St. Josef. Vielleicht war er entlassen worden, weil er so große Fortschritte gemacht hatte, wer weiß?

Alle sagen, dass du tot bist, sagte ich, aber Hanno zuckte nur mit den Schultern und zeigte mit fragendem Blick auf die Kanne in meiner Hand.

Ich blieb stehen, öffnete den Deckel und ließ ihn daraus trinken. Er senkte sein schmales Gesicht in die Öffnung, dann hob er das Gefäß an und saugte geräuschvoll die Milch zwischen die Lippen. Am Ende wischte er sich mit dem Handrücken über den Mund und lachte zufrieden.

Am Ortseingang begegneten wir einem der Knechte des Herrn Jochberger, der seine Kuhherde zurück in den Stall trieb. Er dirigierte die vier, fünf Tiere mit einer Gerte, die er sanft über ihren Rücken strich, und sie überquerten die Straße da, wo er es haben wollte. Als wir auf derselben Höhe waren, erkannte ich ihn wieder. Es war der russische Kriegsgefangene, der schweigend unsere Betten zusammengeschraubt hatte, nur sah er jetzt viel älter aus. Auch er schien mich erkannt zu haben. Er verzog den Mund zu einem Lächeln, dann stieß er zwei, drei Wörter aus, die er hier vielleicht gelernt hatte. Es war ein fragender Ton, aber da ich ihn nicht verstand, versuchte er es mit Gesten, er schloss die Augen und legte die Wange auf seine gefalteten Hände. Ja, antwortete ich und nickte, wir schlafen gut in den Betten.

Bevor er mit den Kühen im Jochbergerstall verschwand, hob er die Hand, wie um uns zu grüßen. Ich drehte mich zu Hanno, wollte ihm erklären, wer der Mann war, aber mein Bruder war nicht mehr da. Ich blickte um mich, wartete ein Weilchen, aber er war weg. So, wie er aufgetaucht war, war er wieder verschwunden.

Auch die Straße war leer gefegt, wo gerade noch die gescheckten Rinder mit ihrem schweren, schaukelnden Gang für Bewegung gesorgt hatten, war niemand mehr. Die Dämmerung war dichter geworden, in keinem der Sonnauer Fenster sah man Licht. Die Verdunkelung wurde eingehalten, wie es vorgeschrieben war. Von einem Augenblick auf den anderen war eine gespannte Stille eingetreten, wie wenn man den Atem anhielt.

Mama hatte schon die Verdunkelungspappe vorgelegt. Ich fand sie in der Küche, wo sie mit ihrem Strickzeug saß und dem Haufen Wollsocken, die sie für die Soldaten anfertigte. Ich stellte die Milchkanne auf den Küchentisch und sagte, dass ich heute etwas weniger bekommen hatte als sonst. Als sie aufsah, fragte ich sie, wie es denn sei, wenn man gestorben sei und tot. Ob man da wirklich für alle Zeit verschwinde. Mama blickte mich erstaunt an.

Wie soll ich das wissen, sagte sie.

Ich meine, sagte ich, weil der Johann, der Bruder vom Siegfried, gefallen ist, und Siegfried immer noch glaubt, dass er ihn vielleicht irgendwo sehen könnte.

Mama legte das Strickzeug zur Seite und schüttelte den Kopf. Wenn man tot ist –, begann sie, dann erhob sie sich, um unsere Tassen vom Bord über der Anrichte zu holen. Wenn man tot ist –, wiederholte sie und wusste nicht weiter.

Sie stellte die Tassen vor mir auf den Tisch und setzte sich wieder hin. Ihr Blick blieb im Raum hängen, am Fenster hinter mir vielleicht oder an der Stelle, wo das Ofenrohr in der Wand verschwand.

Dann ist es so, sagte sie schließlich, dass sich die Seele vom Körper trennt, von unserem Leib. Seele und Körper gehen auseinander, verstehst du das?

Ich weiß nicht, sagte ich.

Der Leib, sagte Mutter, der wird in den Sarg gelegt und begraben und die Seele kommt ins Jenseits. So sagt man zumindest.

Ins Jenseits?, fragte ich.

Ja, denn die Seele ist unsterblich.

Nicht tot?

Unsterblich, sagte sie, so haben wir das jedenfalls gelernt.

Also ist der Johann nicht ganz tot, sagte ich. Nur sein Körper.

Das kann man so sagen, sagte Mama.

Aber auf meine Frage, wo denn dieses Jenseits sei, wusste sie keine rechte Antwort. Sie zuckte mit den Schultern und meinte, dass das alles unerklärliche Dinge waren. Ich hätte im Religionsunterricht besser aufpassen sollen, dann müsste ich ihr jetzt keine dummen Fragen stellen. Sie nahm seufzend die Kanne und verteilte die Milch auf die beiden Tassen.

Und meine Großeltern auf dem Friedhof in Mariendorf waren dann auch nicht ganz tot, fiel mir ein, nur ihr Körper. Und Hanno auch nicht. Das sagte ich meiner Mutter, aber sie beharrte darauf, dass das alles Dinge waren, die einem niemand genau sagen könne, nicht einmal die Doktoren und die Gelehrten.

Sie führte ihre Tasse zum Mund, dann hielt sie in der Bewegung inne und stellte sie auf die Tischplatte zurück. Sie schaute mich an und fuhr fort, dass es so vieles gab, so viele Dinge auf der Welt, die man nicht ganz verstehen könne. Am besten sei, man denke nicht zu viel darüber nach.

Ja, Mutter, sagte ich.

V

Hanno war nicht wirklich tot. Wenn ich allein war, tauchte er unvermittelt auf, so wie ein Gespenst. In unserer Bubenkammer, bevor ich einschlief, oder wenn ich in der Umgebung herumstreunte. Vielleicht war es auch nur seine Seele, die aussah wie er, wer weiß? Oft kam er zweimal am selben Tag, dann wieder blieb er für zwei, drei Wochen weg. Bald gab ich es auf zu fragen, wo er denn herkomme und wie das gehe mit dem Totsein, er gab keine richtigen Antworten, er hatte keine, genauso wie Mutter. Er zuckte nur mit den Achseln, hörte gar nicht zu oder vielleicht verstand er auch meine Fragen nicht.

Mama strich sich manchmal ein paar Tränen von den Wangen, wenn sie am Morgen in unser Zimmer kam und Hannos Sandalen unter dem Bett erblickte. Sie waren unter seinen Habseligkeiten aus Kaufbeuren gewesen und ich hatte sie herausgezogen und so neben meine Sandalen platziert, dass sie sich gegenseitig berührten. Am Anfang hatte ich sogar darauf geachtet, die Lederschlaufe des Verschlusses so auszurichten, wie wenn man jemandem den Arm um die Schultern legt. Auch wenn die Sandalen niemand mehr brauchen konnte, hatte ich mich dagegen gewehrt, dass sie eingetauscht oder verschenkt wurden. Mama trocknete ihr Gesicht mit dem Schürzenzipfel und beim Frühstück sagten wir einander, dass wir tapfer waren, genauso tapfer wie Vater, der die Feinde auf den russischen Feldern bekämpfte.

An manchen Tagen aber blieb sie im Bett liegen und weigerte sich aufzustehen. Sie wollte nicht in den Laden gehen, sie wollte sich weder waschen noch kämmen und schüttelte den Kopf, wenn ich sie fragte, ob sie denn keinen Hunger habe. Sie wandte sich ab und murmelte, ich solle sie in Ruhe lassen.

Meist drehte ich eine Runde ums Haus, aber sobald ich zurückkehrte, kniete ich mich vor ihr Bett und bettelte, sie solle endlich aufstehen und sich anziehen, damit alles wieder wäre wie sonst. Aber sie tat so, als würde sie mich nicht hören, sie öffnete nicht einmal die Augen.

Mama, sagte ich, bitte.

Lass mich!, sagte sie.

Mama, wiederholte ich.

Aber sie war nicht zu erweichen. Ich holte Hannos Schneekugel aus unserem Zimmer und ließ sie vor ihrem Gesicht schneien, wie es noch nie geschneit hatte, aber sie schenkte mir nur einen kurzen Blick. Sie drückte ihren Kopf ins Kissen oder warf sich herum, zur Wand hin, und achtete nicht darauf, ob ihr Nachthemd verrutschte. Um ihren halb entblößten Körper wehte plötzlich ein kalter Hauch. Verschwinde, presste sie hervor, wenn ich nicht von ihrem Bett weichen wollte, geh spielen, geh zu deinem Siegfried und lass mich endlich in Ruhe!

Dann trottete ich zu Siegfried, wir liefen zur Schule, von Mama erzählte ich nichts. Seine Mutter fragte mich ein paarmal, ob ich eine Jause dabei hätte, und als ich verneinte, strich sie mir ein Schmalzbrot und packte es in meinen Schulranzen.

Wenn meine Mutter nicht gewesen wäre, dann hätte ich vielleicht bei den Sportnachmittagen des *Jungvolkes* dabei sein können. Oder bei den Kampfübungen, von denen Siegfried mir immer erzählte. Nach einer Uniform traute ich mich zu Hause gar nicht zu fragen, weil ich Mamas Antwort, dass wir kein Geld hatten, schon kannte. Vielleicht aber langte es für das Halstuch und den Lederknoten, wie sie die meisten Buben an unserer Schule besaßen. Mama hatte jedoch ganz andere Dinge im Kopf. Von einem Tag auf den anderen sollten wir weg von hier, weiterziehen, dahin, wo keine Flugzeuge über uns flogen und wo sie nicht bei jedem lauten Geräusch zusammenzuckte.

Das Brummen in der Luft hatte zugenommen, und auch in der Nacht, wenn alles still war, hörte ich in meinem Zimmer das ferne Dröhnen der Motoren. Wenn ich mit Siegfried Fußball spielte, brauchten wir nur den Kopf in den Nacken zu legen, es gab fast immer ein Stück Himmel, über das ein Geschwader zog. Bald konnte er auch nicht mehr behaupten, dass alle unsere waren. Die Erwachsenen erzählten flüsternd von Bombenangriffen auf Städte, auf Bahnhöfe und Industrieanlagen und eines Nachts traf es auch uns. Während ich schlief, war eine dicke Bombe auf Sonnau heruntergefallen. Weil es eine einzelne war, meinten die meisten hier, dass sie irrtümlich ausgeklinkt worden war. Was hätte man denn in diesem Kuhdorf auch treffen wollen? Sie war auf den Friedhof neben unserem Häuschen gestürzt und hatte sich zwischen den Gräberreihen und der Mauer in die Erde gebohrt. Ein Blindgänger, sagte Mama, weil er nicht explodiert war.

Vom Schlafzimmer aus zeigte sie mir am Morgen die Stelle und ich dachte daran, wie die Bombe durch das Dunkel der Nacht auf Sonnau zugerauscht sein musste,
auf die Kirche oder auf unser Haus, um dann in letzter Sekunde die paar Meter abzuweichen und zu den Toten auf den Friedhof zu stürzen. Mama sagte, dass es jetzt auch hier losgehen würde und dass wir noch einmal Glück gehabt hätten. Das sei alles ein Zeichen von oben.

Fünf Tage später kam sie mit Papieren nach Hause, Papieren mit blauen Hakenkreuzstempeln und wichtigen Unterschriften, Reisepapiere, sagte sie, damit wir dahin zurückgehen könnten, wo wir hergekommen seien, nach Innsbruck oder zumindest in diese Richtung. Irgendwohin, wo wir keine Angst haben müssten. Und ich solle sie nicht fragen, wie sie zu der Erlaubnis gekommen sei, die es uns ermögliche, den Oberdonaugau zu verlassen.

Aber ich will hierbleiben, sagte ich, hier in Sonnau.

Wir hätten das nie tun dürfen, sagte Mutter, nie weggehen dürfen von daheim.

Es nützte nichts, dass ich ihr aufzählte, was wir hier alles aufgeben müssten. Es beeindruckte sie auch nicht, dass wir nicht wussten, wo wir unterkommen würden, und wir uns immer weiter von Vater entfernten, noch mehr Kilometer zwischen ihn und uns legten. All das zählte nicht für sie. Irgendwann kamen mir die Tränen und ich schrie ihr ins Gesicht, dass sie doch allein fahren sollte. Sie sah mich ungerührt an, mit einer Miene, die unerbittlicher nicht sein konnte. Wir hätten das nie tun dürfen, wiederholte sie, wir sind einfach zu dumm gewesen. Und jetzt haben wir die Strafe.

Am Abend, als Hanno wieder einmal in unser Bett gekrochen kam, erzählte ich ihm, dass wir uns erneut von einem Ort verabschieden mussten. Von meinem Freund Siegfried, von der schönen Postausträgerin, von dem blauen Donaustrom, aber Hanno war das genauso egal wie Mutter. Er hörte mir gar nicht zu, sondern legte den Finger auf die Lippen und horchte angestrengt auf die Geräusche, die hinter der Holzverkleidung des Zimmers wahrzunehmen waren. Dann sagte er, dass in den Zwischenwänden Haselmäuse hausen würden, kein anderes Tier würde ähnlich fiepen und rascheln. Oder vielleicht noch Ratten, aber das wolle er nicht glauben.

Mir blieb auch nicht viel Zeit, Siegfried den Entschluss meiner Mutter beizubringen, und als wir ein letztes Mal auf unserem Baum an der Donau saßen, erzählte er flüsternd, dass er Ernas Badeanzug von der Wäscheleine geklaut hatte und wenn ich wolle, schenke er ihn mir. Als Erinnerung.

Wir können nur unsere Rucksäcke mitnehmen, sagte ich. Und da ist bestimmt kein Platz für einen roten Badeanzug.

Du hast bloß Angst, dass ihn deine Mutter findet, sagte er und lachte.

Pass nur auf, dass deine ihn nicht entdeckt.

Das hat sie schon, und jetzt soll ich ihn wieder zurückbringen und mich entschuldigen.

Das geschieht dir ganz recht, sagte ich.

Dann tauschten wir unsere Taschenmesser zum Abschied, ich kriegte seines mit den schimmernden Perlmutteinlagen, den drei Klingen und dem Korkenzieher, und er kriegte meines mit dem polierten Holzgriff. Auf dem Rückweg in die Ortschaft versprachen wir einander, dass wir gut darauf aufpassen würden. Wie Blutsbrüder, sagte Siegfried und legte die Hand auf die linke Seite seiner Brust. Ich tastete im Hosensack nach seinem Messer und spürte, wie der kühle Griff sich erwärmte, je länger ich ihn in der Faust hielt.

VI

Den Hundemischling hatte Hanno zuerst entdeckt, ich brauchte ein paar Sekunden länger, bis ich ihn wahrnahm. Vom Fenster unserer neuen Unterkunft aus konnte man den Bolzplatz, der zwischen dem Volkshaus und den Gleisanlagen lag, gut überblicken. Zuerst waren mir nur die Jungen hinter dem Zaun aufgefallen, die zwei, die mit uns einquartiert worden waren, und ihre Schwester mit der schlimmen Wange. Und noch einer war dabei, den ich nicht kannte. Alle vier saßen auf dem Mäuerchen und irgendwann begannen die Buben, Eishockey zu spielen mit Stöcken, die aussahen wie selbst gezimmert. Einzig der fremde Junge hatte glänzende Kufen unter den Sohlen, die anderen rutschten auf Schuhen über die dünne Eisschicht, sie bewegten sich und machten Ausfallschritte, als würden sie ebenfalls Schlittschuhe tragen.

Ich hatte keine Ahnung, woher plötzlich das viele Wasser auf den Bolzplatz gelaufen war, in der Nacht musste es gefroren sein und jetzt war der größte Teil des Platzes mit Eis bedeckt. Die Jungen spielten sich einen Puck zu, der immer wieder stecken blieb, da, wo die

Eisfläche löchrig war und der erdige Untergrund zum Vorschein kam. Das Mädchen hatte sich an den Zaun gelehnt, den ausgefransten Maschendraht im Rücken, und beobachtete, wie die Jungen herumstocherten und die hölzerne Scheibe von einem zum anderen kullerte.

Sie waren mit uns im selben Zug gewesen, vor ein paar Wochen, die zwei Buben und das Mädchen samt ihrer großen, schmalen Mutter. An irgendeinem Bahnhof mussten sie in den Zug gestiegen sein, der nach Landeck und später weiter nach Bregenz in Vorarlberg fahren sollte, wie man uns gesagt hatte. In diesem Vor-Adelberg, von dem Kathrina in Mariendorf erzählt hatte.

Es konnte sein, dass die vier auch schon vorher dabei gewesen waren, auf dem Fußmarsch zwischen den beiden Dörfern, wo das Gleis kaputt gebombt war, aber richtig wahr nahm ich sie erst, als sie gemeinsam mit uns zum Volkshaus unterwegs waren. Das war die graue Mietskaserne hinter dem Bahnhof von Flatz, dem Ort in der Nähe von Landeck, in dem wir gelandet und wo ein paar Zimmer für uns bereitgestellt worden waren. Sie waren vor uns die Treppe hinaufgestiegen, hatten schwere Rucksäcke getragen, wie Mutter und ich, und ihr Koffer hatte einen Lederriemen um die Mitte gespannt, damit er nicht auseinanderfiel.

Die Wange des Mädchens hatte ich schon beim Aussteigen bemerkt, obwohl sie das Haar so zur Seite gekämmt trug, dass es ihr halbes Gesicht bedeckte. Ich hatte sofort an eine Phosphorbombe gedacht, an die Brandbomben, von denen die Leute im Zug dauernd geredet hatten. Als Hanno sie zum ersten Mal sah, hatte er mich mit einer Kopfbewegung darauf hingewiesen. Die Wange war aufgequollen, vernarbt und entzündet, alles auf einmal, man konnte die Verletzung auch durch die herabfallenden Haare hindurch erkennen.

Am Eingang des Volkshauses hatte man uns aufgeteilt, wir bekamen ein Zimmer mit einer kleinen Küche im zweiten Stock, und Mama war froh, dass wir einen eigenen Eingang hatten, den wir mit niemandem teilen mussten. Weder mit anderen Flüchtlingen noch mit den Ureinwohnern, wie sie irgendwann die Leute aus Flatz bezeichnete. Die Frau mit ihren drei Kindern wurde weiter nach oben geschickt und zwischendurch sah ich eins von ihnen, wenn ich in die Schule musste oder im Laden anstand. Das Mädchen hieß Ingrid, das hatte ich aufgeschnappt, als meine Mutter einmal mit der Frau zusammenstand und sie auf die Leute schimpften, die aus dem Osten geflüchtet waren, ähnlich wie wir.

Dann tauchte plötzlich der Hund auf, ein weißbrauner Mischling mit hängenden Ohren, mitten im Spiel der Jungen. Er hatte etwas von einem Spitz, etwas von einem Schäferhund, aber vielleicht war auch ein Terrier mit dabei, weil seine Läufe kurz und gedrungen waren. Von irgendwoher musste er auf die Eisfläche geraten sein, er lief auf einen der Buben zu, stutzte, warf sich herum und jagte dem Puck nach, der an ihm vorbeigeflitzt war. Ein paarmal war er nahe dran mit der Schnauze, aber er erwischte ihn nie. Die Jungen waren geschickter als der junge Streuner, und einmal stieg einer mit seinem Schuh auf die Scheibe und das Tier schnappte wieder ins Leere.

Das Mädchen, sagte Hanno und zeigte in Richtung Bahnhof. Dort lief sie mit flatternden Haaren, überquerte die Gleise und ging die Holzremise entlang, neben der sich die Warteräume befanden. Wir blickten ihr nach, bis sie hinter dem Gebäude verschwunden war.

Igit, sagte Hanno, sie heißt Igit.

Das ist doch kein Name.

Doch, sagte er, genauso wie Hasso.

Wer?

Der Hund, der da auf dem Platz.

Woher willst du das wissen?

Er gehört zu den Schwedendeutschen, die letzte Woche gekommen sind.

Zu den Sudetendeutschen meinst du.

Sag ich ja.

Vielleicht war der Hund müde geworden oder auch der vergeblichen Jagd überdrüssig, er ließ von dem Puck ab und trottete zu dem Mäuerchen, wo er stehen blieb und herumschnupperte. Da hob einer der Buben den Schläger und die Holzscheibe flog knapp an dem Hund vorbei und schepperte gegen den Zaun. Beim nächsten Mal traf sie ihn in der Seite und er machte einen Satz nach vorne. Der Puck trudelte vor die Füße des Jungen mit den Schlittschuhen, der ausholte und wieder in Richtung des Tieres schoss. Diesmal flog das Holz an ihm vorbei und klatschte gegen eine Verstrebung des Zauns. Der Mischling hüpfte auf der Stelle, als müsste er erst überlegen, ob er dem Geschoss, das am Zaun entlangrutschte, nachlaufen sollte oder nicht. Inzwischen hatten ihn die Jungen eingekreist und klopften mit ihren Stöcken rhythmisch auf das Eis.

Nicht, flüsterte Hanno und schüttelte den Kopf.

Der Hund duckte sich, und als einer der Jungen sich vor ihn hinstellte und den Stock hob, schnappte er nach dessen Bein. Ich spürte, wie Hanno zusammenzuckte.

Lauf, flüsterte er, lauf schnell!

Es war, als hätte ihn der Mischling gehört. Er warf sich herum, aber in dem Moment traf ihn schon ein Schlag und ließ ihn für eine Sekunde erstarren. Und dann der zweite, der dritte.

Von unserem Fenster aus sahen wir zu, wie die Buben ihre Stöcke hoben und die Schläge auf den Rücken des Tieres niederprasselten. Und wieder einer und noch einer. Hanno hatte die Hände gefaltet und war auf die Knie gesunken. Er konnte gar nicht mehr hinsehen. Vielleicht würde er wieder blau anlaufen, wenn er sich nicht beruhigte.

Er ist weg, log ich, der Schwedenhund ist weg. Er ist ausgekommen und davongelaufen.

Ja?, fragte Hanno.

Aus und davon, sagte ich.

Gut, schnaufte er, das ist gut.

In Mariendorf musste man mit Hanno immer aufpassen. Von einem Moment auf den anderen konnte er einen seiner Anfälle bekommen. Aus dem Nichts heraus und niemand verstand recht, warum. Vielleicht, weil er sich aufregte oder aus dem Weinen und Schluchzen nicht mehr herausfand. Dann blockierte sein Atem, sein Gesicht lief dunkel an, und man musste alles Mögliche unternehmen, damit er wieder fähig war einzuatmen, Luft in die Lungen zu kriegen. Am besten war es dann, ihn zu erschrecken, ihm Wasser ins Gesicht zu schütten oder eine runterzuhauen. Das hatte uns der Doktor im Dorf geraten, zu dem ihn unsere Eltern gebracht hatten.

Gut, flüsterte Hanno. Gut, gut.

Vielleicht hatten sich seine Anfälle auch gebessert, überlegte ich. Er kniete immer noch auf dem Boden, die Hände vor der Brust, dann beugte er sich nach vorne, als wollte er sich verneigen. Seine Stirn berührte den Dielenboden. Lass das!, sagte ich zu ihm und schickte ihn in die Küche. Ich komme gleich nach. Er gehorchte und krabbelte lachend davon. Er krabbelte auf allen vieren, so wie er es früher immer gemacht hatte.

Der Hund lag am Rand des Bolzplatzes und versuchte, auf die Beine zu kommen. Die Jungen hatten von ihm abgelassen und waren davongeschlendert, die Stöcke geschultert, als wären es Gewehre. Er aber kam nicht mehr voran, sein Rücken hing eigenartig durch, und so sehr er mit den Vorderbeinen ruderte, er schaffte es nicht vom Boden hochzukommen. Es war ein trauriges Bild, das Tier, einsam und allein auf dem Gelände, von niemandem beachtet; ein Fellknäuel, das sich mühsam vorwärtsschleifte, Stück für Stück, zur Mitte des Platzes hin und dann wieder zurück zum Zaun. Der Ausgang, wo es zur Straße ging und zum Vorplatz des Bahnhofs, lag ganz woanders.

Von den Hundebesitzern, Hannos Schwedendeutschen, war nichts zu sehen, obwohl sie irgendwo im Hinterhof des Volkshauses wohnen mussten. Zusammen mit Mutter hatte ich ihren Einzug beobachtet, vor ein paar Tagen, wie sie von dem Mann, den alle *Blockwart* nannten, zwischen den abgestellten Fahrrädern und Fuhrwerken zum Kellereingang dirigiert wurden. Zwei ältere Frauen und etliche Kinder, alle schmutzig und in zerrissener Kleidung. Sie zogen eine Handkarre voller Koffer und Gerätschaften hinter sich her, aber niemand half ihnen.

Die hätten bleiben sollen, wo sie waren, sagte Mutter zur Nachbarin von gegenüber, der Frau Vinatzer, hier ist wirklich kein Platz mehr.

Sudetendeutsche, sagte die Frau Vinatzer, das ist doch wohl die Höhe. Und wir müssen den Keller für die räumen. Sie spuckte aus und schloss das Fenster im Gang. Und einen Hund haben die auch noch. Nichts zum Fressen, aber einen Köter mitschleppen.

Volksdeutsche, sagte meine Mutter, da kannst du nichts machen.

Scheißdeutsche, sagte die Frau Vinatzer, zuerst Hurra schreien und dann unsere Häuser, Wohnungen und Zimmer besetzen. Sie bückte sich nach dem Eimer mit dem Spülwasser und trottete schimpfend die Stiegen hinauf in den dritten Stock. Da kommen bestimmt noch mehr, schrie sie von oben herunter, und irgendwann sitzen sie zu zehnt in meiner Küche und in eurem Schlafzimmer. Das weiß man doch.

Na ja, beschwichtigte sie Mutter. Sie hatte es leise gesagt, mehr für sich als für die Frau Vinatzer, aber die Alte hatte gute Ohren.

Alles Gesindel, schrie sie, brauchst sie nur anzusehen.

Wir waren ja auch Volksdeutsche, aber so genau wusste ich es nicht. Österreicher waren wir auf jeden Fall keine geworden, obwohl wir die letzten zwei Jahre im Oberdonaugau daheim waren und jetzt schon vier Monate in Flatz, denn man durfte dieses Österreich nicht einmal aussprechen. Ich verstand, dass das mit dem Deutschen Reich zu tun hatte, in das wir gewandert waren, und mit dem Krieg, in dem Vater kämpfte. Und jetzt saßen wir in dem Ort und ich fragte mich, ob wir nicht auch Tiroler waren, meine Mutter und ich. Sie behauptete, dass wir *reinrassige* Deutsche waren. Deutsch-Südtiroler, sagte sie mit trotziger Stimme, sind reinrassige Deutsche. Was denn sonst?

Nur Hanno wollte, seit er mich eines Abends gelöchert und ich versucht hatte, ihm den Unterschied zwischen Volksdeutschen, Reichsdeutschen und den vielen anderen zu erklären, nichts von alledem sein. Er sagte, er sei ein Eichhörnchen, aber ein reinrassiges. Man solle nur seine dünnen, flaumigen Haare ansehen oder einmal mit den Fingern darüberstreichen. Dann sei alles klar.

Er hatte sich in der Küche an den Tisch gesetzt und starrte auf meine Schiefertafel, die ich ihm hingelegt hatte. Noch immer wollten die Buchstaben nicht, wie sie sollten. Die Schlingen des großen A von Anton sahen aus wie ungelenke Äste, die sich nicht biegen wollten und in alle Richtungen strebten. Wieder und wieder wischte er mit dem Ärmel über die grauschwarze Fläche und setzte dann seufzend den Griffel erneut an. Warum musste er unbedingt auch seinen Namen schreiben lernen?

In der Schule, in die ich fünf Tage nach unserer Ankunft geschickt worden war, hatte ich keinen richtigen Namen, und auch Hanno hätte keinen gehabt. Ich war nicht mehr der Itaker-Ludi wie in Sonnau, hier war ich der *Katzelmacher*.

Ihr verfluchten Katzelmacher, hatte Heinrich, der Sohn des Lehrers, von hinten gerufen, als mich sein Vater den anderen Kindern vorstellte, was habt ihr hier zu suchen? Alle lachten und der Name für mich blieb, auf dem Pausenhof und auf den Gassen, die mein

Schulweg waren. Hanno musste das einmal mitbekommen haben, denn er fragte mich auf dem Weg zum Volkshaus, was Katzelmacher bedeute, und ich antwortete ihm, er solle nicht weiter darüber nachdenken, das sei nur irgendeine Bezeichnung.

Vielleicht für eine Art Eichhörnchen, überlegte er.

Woher weißt du das?, fragte ich.

Weil ich ganz schön schlau bin, sagte er und hüpfte vor mir die Stiegen hinauf.

Der Hund auf dem Bolzplatz rührte sich nicht mehr. Ich wünschte mir, dass er seine Hinterläufe durchdrückte, sich aufrichtete und hinkend davonmachte, aber er blieb auf der Seite liegen, ein gesprenkeltes Häufchen, die weiße Schnauze auf dem Boden. Vielleicht atmete er noch, doch das konnte ich vom Fenster aus nicht sehen. Bestimmt schnauft er noch, sagte ich mir, und braucht eine Weile, bis er sich von den Schlägen erholt hat, aufspringt und seiner Wege geht.

Hanno hatte einen Trick, um schlimme Dinge an sich vorübergehen zu lassen, ohne dass sie ihn erschreckten. Man musste die Hand vor die Augen halten, oder besser beide Hände, dann sah man nichts mehr, nur Dunkel, und dann war auch nichts mehr da von dem, was einen erschaudern ließ. Man konnte wieder weiterspielen oder weiterlachen, ohne dass etwas geschehen wäre. Hanno hatte es so gemacht, als wir im Oberdonaugau einmal zwei ausgemergelte Menschen reglos in einem Straßengraben liegen sahen, und auch, als der Herr Jochberger einen seiner Knechte so verprügelte, dass er in der Ecke zwischen Stall und Scheune liegen blieb und nicht mehr aufstand, aber bei mir funktionierte der Trick nicht. Ich musste immer wieder hinsehen, durch die gespreizten Finger vor meinen Augen, auch wenn Angst und Grauen meine Beine lähmten. Ich musste hinsehen und noch aus der Ferne mich umdrehen und zurückschauen, wieder und wieder, bis ich zu weit weg war, um noch etwas zu erkennen.

Als Mutter von dem Bauernhof zurückkehrte, wo sie zum Arbeitseinsatz eingeteilt war, wusste sie schon alles. Ich solle ihr sagen, ob ich was gemacht hätte, ob ich dabei gewesen sei bei der Sache mit dem Hund, mit dem armen Hund, sagte sie. Ich legte die rechte Hand auf die Brust, da, wo mein Herz war, und schwor, dass ich nichts gemacht hatte, nur zugeschaut vom Fenster aus. So was macht man nicht, sagte sie, auch nicht mit solchen Leuten. Dann beugte sie sich über ihre Tasche, aus der sie drei schmutzige, in Papier eingeschlagene Kartoffeln zog und auf die Anrichte legte.

Einmal hatte mich Hanno gefragt, was denn *Passierte* seien und was sie angestellt hätten.

Passierte?, fragte ich zurück.

Oder *Pasitten*, erwiderte er. Was sie halt von diesen Schwedendeutschen sagen.

Du meinst Parasiten?

Sag ich ja die ganze Zeit, sagte er. So wie die Schwedendeutschen und all die anderen mit den Koffern.

Ich erklärte ihm, dass Parasiten keine Menschen waren und auch keine Koffer mit sich herumtrugen, sondern dass man bestimmte Pflanzen oder Tiere so nannte.

Das sind Tiere, sagte ich, die auf anderen Tieren sitzen, sich von ihnen herumtragen lassen und von ihnen ernähren. So wie Läuse oder Bandwürmer.

Schlau, sagte Hanno und verzog bewundernd den Mund, die sind aber schlau.

Das Mädchen mit der hässlichen Wange saß auf den Stufen, die zum Eingang des Volkshauses führten. Hanno war auch da, er saß neben ihr und sie plauderten miteinander, als ich von der Nachmittagsschule zurückkam. Sie mussten noch weiter im Osten gewohnt haben als wir, Ingrid und ihre Familie, denn sie erzählte von den russischen Soldaten, die den Leuten die Ohren abschneiden und den Bauch aufschlitzen würden, wenn sie sie erwischten. Hanno hatte sein blasses Gesicht in beide Hände gestützt und hörte ihr gespannt zu. Er wollte von ihr wissen, ob sie schon einmal einen richtigen Russen gesehen habe.

Nicht ganz, entgegnete das Mädchen, aber in unserer Stadt haben alle gesagt, sie sind wie Tiere.

Wie Tiere, wiederholte Hanno und seine Augen begannen zu leuchten.

Dann redeten sie darüber, wie lange man unterwegs war vom Osten bis in dieses Volkshaus zwischen den Bergen, und Hanno benutzte die Finger, um die Tage und Wochen zu zeigen. Er redete, als ob er mit Mama und mir die vier Tage von Sonnau bis Flatz unterwegs gewesen wäre, er nannte Zahlen, wie sie ihm gerade einfielen, aber hundert Tage erschienen auch Ingrid nicht ganz glaubhaft. Sie lächelte nachsichtig, als er behauptete, es könnten auch mehr gewesen sein, vielleicht sogar tausend. Und dann zeigte er unvermittelt auf ihre Wange und fragte, ob er sie dort berühren dürfe.

Sie streifte ihr Haar hinter das Ohr und beugte sich zu ihm hinunter, Hanno streckte den Zeigefinger aus und strich damit vorsichtig über die Verletzung, die fast so groß war wie Hannos Hand und sich von unterhalb des rechten Auges über das Ohr bis fast hinunter zum Hals ausbreitete. Die Haut war rötlicher als der Rest ihres Gesichts und von unzähligen glänzenden weißen Narben durchzogen. An einigen Stellen schimmerten blaue Flecken durch die Narben hindurch. Wie ein Teppich, staunte Hanno und fragte Ingrid, ob ihr seine Berührung wehgetan habe.

Und jetzt du, sagte er zu mir.

Sie aber wollte nicht, dass ich sie berührte. Sie ruckelte mit dem Kopf, damit der Vorhang ihres Haares wieder über die Wange fiel, und kreuzte die Arme vor der Brust. Vielleicht später, sagte sie, sprang auf und lief über die Treppe des Volkshauses nach oben.

Beim Hundebegräbnis am nächsten Tag war Hanno wieder aufgetaucht. Ingrid hatte die Kinder der Sudetendeutschen ausgespäht, und als diese die Schubkarre mit dem schmutzigen Sack über den Hof schoben, waren wir ihnen über die Feldwege bis zum Waldrand gefolgt. Hinter einer Hecke versteckt beobachteten wir, wie sie mit Hilfe von Stöcken versuchten, ein Loch zu graben, und als sie nicht vorankamen, die bloßen Hände nahmen. Dann hoben sie den Sack aus der Schubkarre. Sie zerrten ihn über den Feldweg und drückten ihn in die Vertiefung. Anschließend warfen sie die ausgehobene Erde darüber, legten Steine dazu, und weil es nicht genug war, um einen richtigen Grabhügel zu formen, holten sie mit der Schubkarre noch Erde vom nahen Acker herbei.

Hanno weinte ein bisschen, als er begriff, dass hier der tote Mischling vergraben wurde, aber Ingrid schnauzte ihn an, dass er ruhig sein sollte.

Es ist ja nur ein Hund, sagte sie, aber Hanno schüttelte unwillig den Kopf, er konnte das nicht verstehen.

Ein blöder Sudetenhund, beharrte sie, die haben hier bei uns nichts zu suchen. Die sollen doch bleiben, wo sie sind.

Im Schwedenland?, fragte Hanno.

Ganz genau, im Schwedenland. Oder da, wo der Pfeffer wächst. Was müssen die so weit herkommen und uns alles wegfressen.

Ingrid war ein Jahr älter als ich und vielleicht hatte ihre Stimme deshalb Gewicht. Außerdem hatte ihre Wange meinen Bruder ziemlich beeindruckt. Er schniefte noch zweimal, dann beruhigte er sich, und wir schauten zu, wie die Schwedenkinder ein Kreuz aus zwei abgebrochenen Ästen anfertigten. Sie steckten es in die lockere Erde des Grabhügels und traten diese ringsum mit ihren Schuhen fest, damit es nicht umfiel. Eine Weile standen sie noch da, fassten sich an den Händen, schließlich bekreuzigten sie sich und machten sich davon. Sie schoben die leere Schubkarre vor sich her und liefen an der Hecke vorbei, hinter der wir saßen, ohne uns zu bemerken. Sie redeten miteinander in einer Sprache, die niemand von uns verstand. Als sie außer Hörweite waren, sagte Ingrid, das sei Russisch gewesen, das habe sie genau erkannt.

Das Hundegrab lag da, wo die letzten Felder ausliefen und das Gelände in einen bewaldeten Berghang überging. Eine ausladende Fichte streckte ihre Äste über den Feldweg und hinter zwei dicken Oberflächenwurzeln erhob sich der kleine Grabhügel. Zwischen den dunklen Krumen der Ackererde steckten noch lauter Stoppeln von weißgelbem Stroh. Die paar Steine bildeten einen Rand, eine Einfassung, fast so wie bei den Gräbern, auf die ich die letzten Jahre in Sonnau geblickt hatte.

Wir halfen Ingrid, die Steine zurück in den Wald zu werfen, und aus dem Grabkreuz machten wir Kleinholz, indem wir die beiden Äste quer über zwei hervorquellende Wurzeln legten und mit unserem ganzen Gewicht darauf herumsprangen.

Auf dem Heimweg sagte sie, dass wir den Schwedenhund eigentlich in den Fluss hätten werfen sollen, in den Inn, dann hätten ihn die Wellen dahin getragen, wo er hergekommen sei. Dann würde er jetzt nicht unsere Heimaterde verstinken. Heimaterde, hatte sie gesagt.

Ich glaubte zu verstehen, was damit gemeint war, aber Hanno sah mich fragend an und ich schüttelte den Kopf. Er sollte jetzt nichts Dummes sagen oder wieder anfangen zu weinen und er kapierte. Er biss sich auf die Lippen und legte auch noch die Hand auf den Mund, damit ihm nichts auskam. Kaum waren wir allein, schoss es aus ihm heraus.

Ich habe ihn deutlich gerochen, den Schwedenhund, sagte er, in der Erde, als ich mich nach den Steinen gebückt habe.

Das ist der Mist von den Kühen, sagte ich, den die Bauern auf die Felder bringen, damit alles wächst.

Nicht der Hasso?

Nein, sagte ich, ganz bestimmt nicht. Hunde stinken ganz anders.

Hanno sah mich von unten herauf an und nickte zufrieden.

Weißt du, sagte ich, die Heimaterde stinkt überall gleich, hier im Inntal, aber auch im Oberdonaugau. Oder auch da, wo du die ganze Zeit warst.

Von diesen Kühen, bestätigte er und lachte, von diesen dreckigen Kühen.

Was ich meinem Bruder nicht so recht beibringen konnte, war, wieso wir nicht in Sonnau geblieben waren. Ich hatte dort meinen Freund Siegfried und auch die Wohnung war viel größer gewesen als hier die zwei Zimmer. Und die Briefe des Vaters waren dort regelmäßig angekommen, hier aber war alles ganz anders. Ich wartete auf die Postausträgerin, die mittags mit dem Fahrrad kam, genau wie die schöne Erna, sie hielt vor dem Haus, trug ihre Tasche in die Stockwerke, aber für uns hatte sie nichts. Und wenn ich sie fragte, verwies sie mich auf den nächsten Tag oder die nächste Woche. Es ist dieses Durcheinander, sagte sie, da weiß man nie.

Dabei war in Sonnau fast jede Woche ein Brief eingetroffen mit dem Stempel der Feldpost und diesem Adler mit den ausgebreiteten Schwingen, und es war auch schon Krieg gewesen. Hanno sagte, dass dort auch die Menschen freundlicher gewesen waren. Vielleicht nicht zu den Kühen, aber zu Hunden und Haselmäusen.

Wenn ich Mutter nach Vaters Briefen fragte, zuckte sie mit den Schultern und wandte sich schnell ab, vielleicht, damit ich ihr Gesicht nicht sehen konnte. Manchmal durfte man sie überhaupt nichts fragen. Wenn sie abends vom Bauernhof kam, musste ich ruhig sein, stille, sagte sie, ich musste die Schulaufgaben herzeigen und meine Hände, ob sie sauber waren. Sie hätte es nie durchgehen lassen, dass ich mit bloßen Fingern im Erdboden wühlte wie die Sudetenkinder.

Sie bestand darauf, dass die Heimaterde die schönste Erde war, die es gab. Ich hatte sie nach diesem Wort gefragt, was es wirklich bedeutete, und zuerst hatte sie sich wieder mit einem Ruck weggedreht, zum Herd und zur Anrichte hin, aber als sie sich dann zu mir setzte, erklärte sie, dass das der Boden war, auf dem man geboren und aufgewachsen war. Die Heimaterde sei die beste von allen, sagte sie, und dass man sie an ihrem Geruch erkannte, an ihrem unverwechselbaren Duft nach Zuhause.

Als ich Hanno das am nächsten Tag erzählte, wollte er wissen, ob man in dieser wohlriechenden Erde auch mit den Händen graben durfte, und ich sagte ihm, es gebe nichts Besseres. Ich schilderte ihm, wie Mama auf dem Mariendorfer Friedhof die Nelken aufs Familiengrab gesetzt und behauptet hatte, dass es jeden zu seiner Heimaterde zurückzog, egal, wo er war. Jeder wolle dorthin zurück, wo er herkomme, hatte sie gesagt, weil es nur eine Heimat gebe auf der Welt.

Dann ist dieser Kuhmist hier nicht unsere Heimaterde, sagte Hanno.

Nein, sagte ich, das ist sie nicht.

Hanno schluckte, dann fragte er mich noch einmal nach dem toten Hund. Er war zu mir ins Bett gekrochen und lange Zeit hatten wir den Flugzeugen zugehört, die irgendwo weit oben durch die dunklen Wolken flogen, und gerätselt, wohin sie unterwegs waren. Nach England, sagte Hanno, aber ich entgegnete, dass das wohl die Engländer waren, die zu uns kamen.

Es war ein Brummen, das anschwoll und wieder abebbte, und wir hofften beide, dass sie weit von uns wegfliegen würden. Ich erzählte ihm, dass sie den Bauch voller Bomben mit sich trugen, doch hier in diesem Tal zwischen den Bergen sei man ziemlich geschützt. Schließlich sei hier noch nie etwas passiert. Sie können uns überhaupt nicht sehen, sagte ich, weil wir alles abgeschirmt haben.

Mama hatte die Verdunkelungsrollos heruntergezogen wie jeden Abend und die blaue Glühbirne eingeschraubt. Hanno drehte sich zu mir, ganz nah, vielleicht damit Mama, die noch in der Küche hantierte, ihn nicht hören konnte. Seine dünnen Haare kitzelten an meiner Nase und er flüsterte mir ins Ohr.

Dieser Hund, sagte er und schniefte, ich mache mir ein bisschen Sorgen. Meinst du nicht, dass er es viel zu kalt hat unter der Erde?

Der spürt nichts mehr, sagte ich.

Er wollte wissen, ob ich mir da ganz sicher sei, und als ich ihm sagte, dass ich darauf schwören konnte, fragte er nichts mehr. Außerdem, fügte ich hinzu, ist es ja nur ein Schwedenhund und ein Parasit, und auch das schien meinem kleinen Bruder einzuleuchten, denn er gähnte und drehte sich wieder von mir weg auf die andere Seite.

Ich lag noch eine Weile wach, hörte, wie Mama ins Zimmer schlich und sich zu ihrem Bett vortastete, und ich versuchte, ihr einsetzendes leises Schnarchen und das Brummen der Bomber auseinanderzuhalten.

Am Tag, als die Schwedendeutschen das Weite suchten, sagte Ingrid zu mir, dass ich ihre Wange anfassen durfte, wenn ich wollte. Wir hatten zusammen mit Hanno an unserem Fenster gestanden, der Blockwart war mit dem Pferdewagen bis vor die Kellertür gefahren, und es dauerte nicht lange, bis der ganze schwedische Krempel aufgeladen war. Am Ende hatten sich alle auf den Wagen gesetzt, auf den Rand, damit die Füße nach unten baumeln konnten, vorne die beiden Frauen mit ihren alten, müden Gesichtern und dahinter die Kinder. Sie sprachen nicht miteinander, saßen ganz ruhig da, und als der Fuhrmann die Peitsche hob und dem vorgespannten Klepper sein Hüh zurief, zuckelten sie langsam über den Hof, am Volkshaus vorbei und durch das Tor hinaus.

Die Frau Vinatzer und die Ingridmutter hatten mit verschränkten Armen neben dem Fuhrwerk gestanden und zugesehen, wie die paar Holzkisten und Koffer herbeigeschleppt und auf dem Wagen verstaut worden waren. Reglos hatten sie dagestanden und erst nachdem der Wagen um die Hausecke gebogen und verschwunden war, hatten sie sich zurück ins Haus aufgemacht.

Ingrid hatte einen der Fensterflügel geöffnet, und während sich das Fuhrwerk in Bewegung setzte, beugte sie sich hinaus und begann leise zu singen. *Ein Hund kam in die Küche und stahl dem Koch ein Ei.* Es war ein Lied, das ich noch nie gehört hatte; ihre ersten Töne waren noch stockend und zögerlich, aber je länger sie sang, desto sicherer wurde sie. Gleichzeitig sah sie uns herausfordernd an, Hanno und mich, und fing mit ihrer heiseren Mädchenstimme noch einmal von vorne an:

Ein Hund kam in die Küche, und stahl dem Koch ein Ei.

Da nahm der Koch das Messer und schlug den Hund entzwei.

Da kamen andere Hunde und gruben ihm ein Grab
und setzten ihm ein Grabstein, worauf geschrieben stand:
Ein Hund kam in die Küche und stahl dem Koch ein Ei ...

Es war eine Endlosschleife, unten klatschte die Peitsche des Kutschers auf den Pferderücken und setzte damit das Fuhrwerk in Bewegung, und Ingrid hörte nicht mehr auf zu singen. Sie war erst zufrieden, als wir in das Lied einfielen. Sie nickte uns zufrieden zu und klatschte in die Hände und so begleiteten wir die Schwedendeutschen auf ihrer Abschiedsfahrt über den Hof.

Auch Hanno hatte bald verstanden, wie der Text ging, wir lehnten uns über den Fensterbalken und brüllten das Lied vom Küchenhund hinaus, so laut wir konnten. Die Ingridmutter und die Frau Vinatzer schauten lachend zu uns herauf, und wenn der Schwedenhund nicht tot in seinem Grab am Waldrand gelegen hätte, dann hätte er bestimmt angefangen zu heulen. Wir schrien und konnten nicht mehr aufhören, bis das Fuhrwerk aus unserem Blick verschwunden war. Und bis Ingrid die Zunge herausstreckte und sich zur Seite kippen ließ, als wäre sie vollkommen fertig und würde jeden Moment in Ohnmacht fallen. Aber es war nur ein Spaß und wir setzten uns auf die Matratze, die mein Nachtlager war. Wir zählten bis drei und ließen uns rückwärts auf die Decke fallen. Ingrid wandte sich zu mir und stützte sich auf dem Ellbogen ab. Sie strich ihr Haar aus der Wange und sagte, dass ich sie jetzt dort berühren durfte. Jetzt gleich, sonst solle ich es bleiben lassen.

VII

Von einem Tag auf den anderen durfte ich nicht mehr aus dem Haus. Meine Mutter verbot mir, unsere Unterkunft zu verlassen, nur, wenn ich lange genug bettelte, durfte ich bis auf die Stufen vor dem Hauseingang, aber nicht weiter. Dort saß auch Ingrid manchmal und wir sahen dem Treiben auf der Straße und dem Bahnhofsvorplatz zu.

Der Krieg ist fertig, fertig und aus, sagte sie, aber die Wege und Gassen waren immer noch voller Soldaten. Es waren nicht unsere, es waren andere, sie fuhren mit Jeeps und Panzern mitten durch den Ort, und in den Gängen des Volkshauses rätselte man einige Tage lang, ob es Franzosen oder Amerikaner waren.

Die fremden Soldaten waren allen ein bisschen unheimlich, auch weil einige von ihnen ein schwarzes Gesicht hatten und schwarze Hände. Wenn meine Mutter aus dem Haus ging, fragte sie die Frau Vinatzer, ob sie sie begleite, und wenn sie zurückkam, rannte sie die Treppe hinauf und stürzte in die Wohnung, atemlos, wie wenn jemand hinter ihr her wäre. Hastig drehte sie den Schlüssel um und tat mir gegenüber so, als hätte sie es einfach nur eilig gehabt.

Man höre schlimme Sachen, entschlüpfte ihr, und wenn ich nachbohrte, antwortete sie, dass sie jetzt zu tun hatte und mir später einmal alles erzählen würde. Ich solle einfach stille sein und ihr in der Küche zur Hand gehen. Fragte ich Ingrid danach, sagte sie, dass die Russen noch viel schlimmere Sachen machten, wir sollten froh sein, dass wir es mit den Franzmännern und den Amis zu tun hatten, weil die gebildet seien.

Schon vorher, einige Wochen vor Kriegsende, hatte es keinen Unterricht mehr gegeben. Die Lehrer hatten uns erklärt, dass die Klassenräume dringend gebraucht wurden als Unterkünfte und Krankenzimmer. Bald hatten vor dem Eingang des Schulgebäudes junge Männer herumgesessen, viele mit verbundenen Armen oder Beinen, manche hatten auch den ganzen Kopf bandagiert. Es waren unsere Soldaten, so wie Vater einer war. Sie rauchten und riefen den Frauen, die vorbeigingen, zu, dass sie herkommen und sich auf ihren Schoß setzen sollten. Dann lachten sie auf, wenn die Frauen ihre Taschen umklammerten, ihre Schritte beschleunigten und mit Schwung um die Ecke bogen. Die schöne Erna hätte das ganz anders gemacht.

An die Sonnauer Postausträgerin dachte ich oft und auch an meinen Freund, den Siegfried. Er hätte mir erzählen können, was aus der Bombe auf dem Friedhof geworden war. Vielleicht hatte man sie ausgegraben oder einfach das Loch zugeschüttet, so wie man es mit den Gräbern machte. Manchmal wünschte ich mir aufzuwachen und seine Stimme unter dem Fenster zu hören. Aber hier gab es nur Jeeps, die vorbeibrausten, meine ängstliche Mutter und fremde Soldaten, vor denen man auf der Hut sein musste. Wenn ich auf den Stiegen vor dem Haus saß, umklammerte ich Siegfrieds Messer mit dem Perlmuttgriff in meiner Hosentasche und stellte mir vor, wie ich es einem der schwarzen Soldaten in den Bauch stoßen würde, wenn er nach mir oder Mama greifen sollte.

An dem Tag, als es hieß, dass der Krieg aus war, waren die Männer, die vor der Schule auf die Ernas warteten, mit einem Schlag verschwunden. Sie seien in die Wälder gelaufen, sagte meine Mutter, sie hätten sich in den Bergen versteckt, sagte die Frau Vinatzer, in den Höhlen, die sich unterhalb der Felswand befänden und tief ins Innere hineinführten. An ihrer Stelle füllte sich das Dorf mit fremden Uniformen und Leuten, die hier niemand vorher gesehen hatte. Einmal sahen Ingrid und ich, wie eine Gruppe von Männern über den Bahnhofsplatz stolperte, abgemagert und in zerrissener Kleidung, eskortiert von Soldaten. Wir hatten beide keine Ahnung, wer sie waren und wohin sie gingen. Die Einheimischen, die aus der Bahnhofshalle kamen, drehten sich weg und schüttelten den Kopf. Vielleicht sind es Polen, argwöhnte Ingrid, oder auch Juden, aber auch ihre Mutter zuckte nur mit den Schultern. Schließlich einigten wir uns darauf, dass es Sträflinge waren.

Seit der Krieg aus war, war auch Hanno weggeblieben. Könnte sein, dass er sich auch irgendwo versteckte, dachte ich, gleichzeitig aber wusste ich, dass dies ein dummer Gedanke war. Abends im Bett hoffte ich, dass er mich plötzlich anstieß, an meiner Schulter oder mit seinem nackten Fuß an meinem, dass er sich im Dunkeln über mich beugte und mir ins Ohr flüsterte, aber ich wartete vergebens. Ich blieb lange wach, lauschte den Geräuschen von meiner Mutter, die ins Zimmer schlich, wenn sie glaubte, ich würde schlafen, sich seufzend auf ihr Bett setzte und entkleidete. Manchmal redete sie im Schlaf, atemlos abgehackte Sätze, von denen ich kein Wort verstand. Wenn ich sie am nächsten Tag fragte, was sie geträumt habe, konnte sie sich an nichts erinnern.

Ich wartete auf Hanno, und Mama und ich warteten auf eine Nachricht von Vater. Männer aus der Nachbarschaft, die Soldaten gewesen waren, kehrten zurück, standen eines Tages vor ihrem Zuhause und umarmten ihre Eltern, Frauen und Kinder. Oder man hörte, dass sich manche von ihnen in Gefangenenlagern befanden. Von einigen kam die Nachricht, dass sie gefallen waren und auf einem Soldatenfriedhof in Frankreich oder Russland lagen. In fremder Erde begraben, sagte meine Mutter und schüttelte sich vor Entsetzen.

Von Vater jedoch hörten wir nichts. Es kam weder ein Brief noch eine Nachricht von einer der Stellen, die für die vermissten Soldaten zuständig waren. Mutter fuhr ein paarmal nach Innsbruck, auf die Ämter, wie sie es nannte, am Abend aber kehrte sie mit leeren Händen wieder zurück. Irgendwann steht er vor der Tür, sagte sie dann und versuchte, die Mundwinkel zu einem Lächeln nach oben zu ziehen, irgendwann, du wirst schon sehen. Aber er weiß doch gar nicht, wo wir jetzt wohnen, sagte ich.

Die Wochen vergingen. Mama konnte weiter auf dem Bauernhof arbeiten, wo sie mit Lebensmitteln bezahlt wurde, mit Eiern und Kartoffeln. Als einer der Söhne heimkehrte, blieb für sie nicht mehr so viel zu tun, deshalb war sie oft zu Hause. An den freien Tagen fuhr sie häufig nach Landeck oder nach Innsbruck, zum Roten Kreuz, sagte sie, und ich stellte mir vor, wie sie stundenlang auf dem Bahnhof wartete, an den zerlöcherten Bahnsteigen, wo Vermisste plötzlich aus den Zügen stiegen. Am Abend aber saßen wir wieder zu zweit in unserer Küche und aßen die Suppe, die vom Vortag übrig geblieben war.

Es wurde Sommer und an meinem Geburtstag zog mich Ingrid in den Kellereingang, da, wo die Schwedendeutschen gehaust hatten. Sie vergewisserte sich, dass uns niemand sehen konnte, dann legte sie beide Arme um mich und flüsterte mir ins Ohr, dass sie mir alles Gute wünschte. Für ein paar Sekunden standen wir Wange an Wange und ich spürte ihr Haar auf meiner Haut und darunter die Schrunden ihrer Verletzung. Sie hatten etwas Weiches und Warmes, was mich an die Hände meiner Mutter erinnerte, aber gleichzeitig fürchtete ich, dass ich mich anstecken könnte wie mit einer Krankheit. Dass sich die hässlichen Narben übertragen und in meinem Gesicht ausbreiten würden, und dann wäre ich ebenso verunstaltet. Es war ein blöder Gedanke, der schnell wieder verflog, mich aber für eine Sekunde zurückzucken ließ, sodass Ingrid die Arme von meinen Schultern löste. Später setzten wir uns auf das Mäuerchen neben den Kellerstiegen, sie strich Rock und Schürze zurecht und dann erzählte sie mir, dass sie versuchen würden, dahin zurückzukehren, woher sie gekommen waren. Ins *Pommerland*, sagte sie und fragte mich, ob ich wisse, wo das sei. Nicht so genau, sagte ich, aber dass es bestimmt sehr weit sei. Von hier aus tausend Kilometer, bestätigte sie, tausend Kilometer nach Nordosten. Und bald würden die Russen, die jetzt dort waren und sich breit gemacht hatten, wieder nach Hause gehen, und dann könnten sie in ihr Dorf zurückkehren. In der Hoffnung, dass es noch da war, nicht zerbombt oder niedergebrannt. Zurück in ihr altes Haus, in ihren Garten mit den hohen Bäumen, von denen aus man fast bis aufs Wasser sehen konnte. Auf die Ostsee, sagte sie. Auf die Dünen und auf die Wellen mit ihren weißen

Schaumkronen, sagte sie und verzog den Mund, als würde sie lächeln.

Ein See?, fragte ich. Ingrid lachte auf.

Die See, sagte sie, das ist ein Meer. Ein richtiges, großes Meer.

Ich spürte den abbröckelnden Mörtel unter meinen Händen, dachte an das blaugraue Wasser der Donau und dass es auch in ein Meer floss, und auch Ingrid sagte nichts mehr. Ich hatte Geburtstag, meinen vierzehnten Geburtstag, den Mama vergessen hatte, und wir saßen auf diesem Mäuerchen auf der Rückseite des Volkshauses, wir saßen irgendwo am Rand der Welt, so schien mir, und schlenkerten mit den Beinen. Ingrids Haut an den Oberschenkeln war so weiß, dass sie fast leuchtete.

Ich hatte keine Ahnung, wie weit es von Sonnau bis zur Mündung war, wo die Donau ins Meer floss, und als Ingrid sagte, dass ich mir etwas zum Geburtstag wünschen durfte, erwiderte ich, dass ich am liebsten mit ihr zusammen die See sehen würde, das Meer, das so weit im Norden liege oder im Nordosten.

Im hohen Norden, sagte sie. Und wenn du die Düne hinaufkletterst, dann riechst du das Wasser von Weitem, noch bevor du es siehst.

Wenn das mit Hanno anders wäre, sagte ich, könnten wir ihn mitnehmen.

Ingrid nickte. Wenn er nicht tot wäre, sagte sie dann.

Aber er ist nicht richtig tot, sagte ich. Nicht wirklich.

Ich weiß, sagte sie.

Nur sein Körper, sagte ich, nur ein Teil von ihm.

Genau wie mein Vater, sagte sie und sah mich an. In der Nacht kommt er manchmal zu mir, um mich zuzudecken, wenn ich mich bloß gestrampelt habe. Dann streicht er mir über die Haare und beugt sich über mich, um mich zu küssen, und wenn ich die Augen aufmache, weil mich seine Bartstoppeln kitzeln, dann spricht er mit mir. Er nennt mich seine Einzige, sagte sie und lachte ein bisschen, und er flüstert mir zu, dass er jetzt auch schlafen geht, weil es schon spät sei.

Es ist wie ein Traum, sagte ich.

Ja, sagte sie, aber die richtigen Träume sind anders. Und wenn ich aufwache, sehe ich sein Foto mit der schwarzen Schleife, das auf Mutters Nachtkästchen steht. Und dann ist er wieder tot.

Wie Hanno, sagte ich, genau so, und Ingrid nickte.

Was weißt du denn vom Pommerland, fragte meine Mutter und dann behauptete sie, dass es Pommerland nicht mehr gab.

Pommerland ist abgebrannt, sagte sie.

Aber sie wollen dorthin zurückkehren, sagte ich, Ingrid und ihre Mutter und die Brüder.

Meine Mutter lachte, als hätte ich etwas Dummes gesagt, wandte sich ihren Kochtöpfen zu und begann, eine Melodie zu summen und dann leise zu singen. Es war ein Lied von Maikäfern, die fliegen, und von einem Krieg, einem Vater und einer Mutter. Sie sang langsam, fast murmelnd und wie nur für sich, es war, als müsste sie sich an die Worte erinnern, die sie vielleicht vor langer Zeit gelernt hatte. Es war das erste Mal seit vielen Monaten, dass ich sie singen hörte, sie hatte aufgehört umzurühren, und plötzlich wurde mir bewusst, dass sie eine wunderbare Stimme hatte. Eine Stimme, die voller und tiefer klang als Ingrids, die etwas Schimmerndes hatte, sodass die Töne im Raum widerhallten und erst langsam versanken. Ein altes Volkslied, sagte sie dann. Sie wischte sich über die Augen und fuhr unvermittelt fort, dass doch alle ihren Platz auf der Welt hatten. Jedes Tier wisse das, jede Kuh, die abends in ihren Stall zurückkehre. Pflanzen, Bäume, alles habe seinen Ort, wo es hingehöre.

Ich möchte gerne einmal ans Meer, sagte ich.

Mama schaute mich verwundert an. Sie zog ihre Stirn kraus und schüttelte den Kopf. Wie könne ich nur so etwas sagen. Ob ich Mariendorf schon vergessen hätte.

Ich denke jeden Tag daran, sagte sie. Und wenn ich die Augen schließe, sehe ich alles vor mir, jedes einzelne Haus, den Platz vor der Metzgerei, die Stufen hinauf in die Kirche. Die Kastanie vor unserem Haus und die Reihe Vogelbeerbäume, wo es zum Bahnhof geht. Ich weiß sogar, wie viele es sind, sagte sie. Zehn links und neun rechts.

Du erinnerst dich doch auch, wollte sie von mir wissen. An die Gerüche, an diese Mischung aus Holz und Kernseife in unserem Stiegenhaus. Oder wie es ist, wenn du im Sommer morgens die Fenster aufmachst. Oder die Luft, wie sie riecht vor dem ersten Schnee.

Manchmal, sagte ich.

Wenn wir nur die Papiere hätten, sagte sie, dann würde ich keine Sekunde mehr auf die Heimkehr warten.

In diesem Pommerland soll es ein Meer geben, sagte ich, ein richtiges, großes Meer. Aber Mama hörte mir nicht mehr zu, sie stellte die Teller auf den Tisch und war mit ihren Gedanken ganz woanders.

In den nächsten Wochen begriff ich, was sie mit den Papieren meinte. Wir waren jetzt keine Staatsbürger mehr, wir gehörten nirgendwo hin. Wir waren keine Italiener wie früher, aber auch keine Deutschen, keine Volksdeutschen, weil das Deutsche Reich untergegangen war, zusammen mit dem ganzen deutschen Blut. Wir waren im Grunde nichts mehr und die Grenzen nach Italien waren für uns Wanderer geschlossen und wurden streng bewacht. Und hierzubleiben, war ebenfalls nicht einfach, weil wir ja auch keine Österreicher waren, nicht mehr. Eigentlich nie gewesen, sagte Mama. Die schauen jetzt nur noch auf die eigenen Leute, meinte die Frau Vinatzer, und Mutter gab ihr recht.

In manchen Gesprächen, die ich früher mit Hanno gehabt hatte, hatten wir uns die Grenze zwischen zwei

Staaten, als ein großes eisernes Gatter vorgestellt mit bewaffneten Polizisten zu beiden Seiten und so hoch, dass höchstens ein Eichhörnchen hinüberklettern konnte. Oder ein Marder. Aber als ich dann davorstand, waren da nur zwei armselige Baracken und dazwischen der Grenzbalken, eine schmale Schranke, die den Autos den Weg versperrte.

Mama hatte es nicht mehr ausgehalten, so sagte sie es, und zusammen mit der Frau Vinatzer waren wir dorthin gefahren, hinauf zum Pass, wo man bloß zwei Schritte von ihrem Sehnsuchtsland entfernt war. Von Südtirol und den Orten, die wir vor über vier Jahren verlassen hatten. Die Frau Vinatzer war noch früher gewandert als wir und im ratternden Postbus erzählte sie Mama, wie alles gekommen war. Ich saß hinter ihnen und hörte die Geschichte mit an, die damit endete, dass sie allein ins Deutsche Reich gegangen war, ohne ihren Mann und die Kinder. Niemand von ihnen hatte mitkommen wollen. Am Schluss haben wir uns nicht mehr angeschaut, sagte die Frau Vinatzer und presste die Lippen aufeinander, bis ihr Mund nur mehr ein Strich war.

Mama wagte sich bis zum Grenzbalken vor und diskutierte mit den Polizisten, die dort standen, kramte die italienischen Wörter zusammen, aber auch ihr Lächeln nützte nichts. Nur einmal kurz, sagte sie, *soltanto cinque minuti*, und wagte einen Schritt über den Asphalt, dahin, wo der Grenzbalken verankert war.

Gleich aber scheuchte man sie zurück, die *Signora*, mit freundlichen, aber bestimmten Gesten.

Wenn man neben den Zollhäuschen etwas in die Felder stieg, auf die Anhöhe, konnte man ein Stück weit auf die andere Seite sehen. Mama und die Frau Vinatzer hatten im Bus aufgezählt, was dort viel besser war als diesseits der Grenze, aber von hier bemerkte man nichts davon. Das Grün der Wiesen war in beiden Ländern dasselbe und unterschied sich nicht einmal in der kleinsten Schattierung.

Mama legte mir eine Hand auf die Schulter und wies mit der anderen auf die Berge, die bereits weiße Gipfel hatten. Sie sagte ihre Namen auf, und die Nachbarin rechnete uns die Anzahl der Kilometer vor, die Mariendorf von hier entfernt war. Ein Stündchen mit dem Auto, höchstens eineinhalb, sagte sie zu meiner Mutter, und diese zog mich zu sich heran. Auf dem Rückweg zur Straßenbucht, wo der Bus wartete, zeigte sie mir verstohlen einen Berghang hoch über der Grenzstation und flüsterte mir zu, dass es dort Wege gab, um heimlich nach *drinnen* zu kommen, nach Südtirol. Das höre man überall, auch die Frau Vinatzer wisse davon, und dann tauschten sie sich über Schleichwege und Gewährsleute aus, denen man sich anvertrauen könne. Und wenn man sich etwas wünscht, sagte Mama im Autobus, während sie sich zu mir umdrehte, wenn man sich etwas wirklich wünscht, mit aller Kraft und mit jeder Faser seines Herzens, geht es auch in Erfüllung.

Der Postbus tauchte in das Dunkel eines kurzen Tunnels, als es wieder hell wurde, erinnerte ich mich undeutlich, dass das ein Spruch gewesen war, den wir einmal zusammen auf einem Kalenderblatt gelesen hatten, in Sonnau oder vielleicht auch schon im Innsbrucker Bahnhofshotel.

Ja, sagte ich und Hanno fiel mir ein, wie er eines Abends in meinen Traum gekommen und nicht mehr weggegangen war. Mama drehte sich wieder nach vorn, ich richtete meinen Blick auf die Landschaft, auf die Häuser und Felder, die vor dem schmutzigen Fenster vorbeihoppelten, und es erschien mir sonderbar, dass die menschlichen Herzen aus Fasern bestanden, ähnlich wie unsere Jacken und Unterhosen.

Von jetzt an saßen Mama und die Frau Vinatzer immer öfter zusammen und machten Pläne. Die Erfüllung ihrer Wünsche wollten sie selber in die Hand nehmen, wie sie sagten, und sie warteten nur mehr auf den richtigen Augenblick. Mutter fuhr nicht mehr nach Innsbruck, um Auskunft über Vater zu erhalten, vielmehr trafen sich die beiden mit Männern aus der Umgebung, sie fuhren in die Dörfer in Grenznähe und in unserer Küche besprachen sie dann, was sie herausgefunden hatten.

Wieder einmal blieb wenig Zeit, unsere Rucksäcke zu packen, und dann saßen wir schon zusammen mit der Frau Vinatzer im Postbus, der uns bis in den letzten

Ort vor dem Grenzübergang brachte. Im Gasthof hinter der Haltestelle wartete der Mann, ein Einheimischer, der uns anweisen und begleiten sollte. Er drückte uns zwei Heugabeln und den Stiel einer Sense in die Hand, damit wir den Anschein erweckten, zur Arbeit auf dem Berghang zu gehen, auf die Felder, die dort verstreut zwischen den Waldstücken lagen. Dann führte er uns über einen immer schmaler werdenden Weg nach oben, fast bis zur Baumgrenze, wo der Wald lichter wurde und überging in eine Weidelandschaft. Am Rand einer Wiesenfläche stand ein niedriger Heustadel, der ähnlich gebaut war wie die Blockhütten, die ich aus den Jungvolk-Heften von Siegfried kannte. Hier sollten wir die Nacht verbringen, um im Morgengrauen von dort aus über die Grenze zu gehen. Der Mann zeigte die Richtung an, wo wir den Berghang queren sollten, und schärfte uns ein, früh genug aufzubrechen, bevor die Patrouillen von unten heraufkämen. Dann öffnete er die Luke zum Stadel, hieß uns hineinkriechen und verschwand, ohne das Geld anzunehmen, das die Frau Vinatzer ihm zustecken wollte.

Wir gruben uns tief ins Heu, das dort gelagert war, Mama an meiner Seite und die Frau Vinatzer, die uns anwies, wie wir uns zudecken sollten, blieb vorne neben der Luke. Es werde kalt werden in der Nacht, sagte sie, das kenne sie aus Erfahrung. Mama sagte Rosl zu ihr, aber ich brachte das nicht über meine Lippen, obwohl sie mich, seit sie bei uns in der Küche herumsaß, öfters dazu aufgefordert hatte.

Die Dunkelheit fiel ganz plötzlich in unser Versteck, und in der abendlichen Stille wurde jedes Geräusch, das von draußen hereinkam, noch deutlicher. Der Wind rauschte in den Zweigen der Fichten, die hinter dem Stadel aufragten, aber allmählich ließ auch er nach. Ein Vogel krächzte ein paarmal, und von weit her schien es, als würde ihm jemand antworten. Einmal hörte ich Mama vor sich hin wispern.

Was ist?, fragte ich.

Schlaf ruhig.

Aber ich hör dich reden.

Ich bete, flüsterte Mama. Ich bete, dass alles gut geht.

Es war beinahe noch dunkel, als wir nach draußen kletterten. Wir hielten uns an die Anweisungen unseres Helfers, hielten uns von freien Flächen fern und blieben, so gut es ging, im Schatten der Bäume. Mama und die Frau Vinatzer verließen sich auf mich, auf meine Orientierung und vielleicht auch auf meine Erfahrung als Milchholer und Baumkletterer an der Donau. Sie gingen hinter mir her, und als ich mich nach ihnen umdrehte, nickten sie mir aufmunternd zu.

Nach einiger Zeit öffnete sich vor uns eine baumfreie Hochfläche, über welche die Staatsgrenze verlaufen musste. Weiter hinten sah man schon die Linie der Panzersperren auf der italienischen Seite, von denen der Mann berichtet hatte. Aber es war inzwischen hell geworden, und wenn wir die kürzeste Strecke nahmen und quer über die Hochebene gingen, konnte uns jeder sehen. Wir blieben unter einer Kiefer stehen, ich bat Mama und die Frau Vinatzer zu warten und suchte nach einem gangbaren Weg auf dem bewaldeten Abhang. Ich stieg neben einer Geröllhalde ein Stück nach oben, wo ich Spuren entdeckte. Vom Niederschlag der letzten Nacht war auf den lichteren Stellen eine feine Schicht aus Eiskristallen zurückgeblieben, schaute man genau hin, sah man, dass sie an einigen Stellen gebrochen war, so als wäre jemand darauf getreten. Bestimmt war hier schon jemand gegangen, kurze Zeit vor uns. Die Abdrücke führten zwischen den Bäumen hindurch in ein dichteres Waldstück und nicht auf die freie Fläche, und ich beschloss, ihnen zu folgen. Meine Mutter und die Frau Vinatzer kamen hinterher und gemeinsam bewegten wir uns weiter, immer im Schatten von Föhren und an den Hang gedrückten Latschenkiefern, in einem weiten Bogen um das gefährliche Wegstück herum. Wir stiegen langsam vorwärts, von Baum zu Baum, irgendwann schienen sich die Spuren in der Eisschicht verloren zu haben, vielleicht hatte ich auch nicht mehr darauf geachtet. Wichtiger war, auf dem gefrorenen Untergrund nicht auszurutschen. Auf der Hochfläche regte sich nichts, nur ein Rabenpärchen, das plötzlich krächzend herabstürzte, wie auf einer wilden Jagd, ließ uns zusammenschrecken.

Als wir uns sicher waren, die Grenzlinie passiert zu haben, machten wir Halt. Die Frau Vinatzer drückte Mama und mich und war begeistert. Mama nahm ihren Rucksack ab und lehnte sich mit dem Rücken gegen einen Baum, wo sie langsam nach unten rutschte, auf ihre Jacke, die sie dort abgelegt hatte, auf das Polster von abgefallenen Nadeln und Reisig, das zwischen zwei Wurzeln zusammengeschoben war. Wir sind da, sagte sie und streckte ihre Füße aus. Wir sind da, mein Großer. Sie lachte und schaute abwechselnd zu mir und zur Frau Vinatzer.

Bald würde die Sonne aufgehen und auch den letzten Rest Kälte der Nacht, die noch in unseren Gliedern verblieben war, wegschmelzen. Der Boden würde bald auftrocknen und uns das Abwärtsgehen leichter machen. Von hier oben erblickte man ein paar lichtere Stellen im dichten Wald, das musste der Weg sein, der hinunterführte bis auf den Talboden, zu den ersten Dörfern auf der hiesigen Seite der Grenze. Jetzt wird alles gut, sagte Mutter.

Die Frau Vinatzer hatte sich etwas abseits ein Plätzchen zum Ausruhen gesucht. Mama schob mit dem Schuh einen vertrockneten Kuhfladen zur Seite, schloss die Augen und lehnte den Hinterkopf gegen den Baumstamm. Dann fragte sie mich, ob ich mich noch an den ersten Morgen in Sonnau erinnern könne und an das Gebrüll der Kuh, das uns alle aus dem Schlaf gerissen habe.

Ich dachte, du hast nichts gehört, sagte ich.

Ich habe kaum ein Auge zugetan diese Nacht, sagte sie.

Drüben auf der anderen Seite des Hochtals nahm der Horizont schon eine hellere Färbung an. Ich wartete auf den Moment, wo der Rand der Sonnenscheibe sich über den Bergrücken schob.

Dieses Brüllen ist mir lange im Ohr geblieben, sagte sie. Ich weiß nicht, warum mir das jetzt einfällt.

Weil du gelogen hast, sagte ich.

Jetzt war der Augenblick da. Die Sonne schob ihren glänzenden Körper hinter der schneegesprenkelten Bergwand empor, es dauerte nur wenige Sekunden und dann war alles um uns herum in Helligkeit getaucht.

In manchen Ställen trennt man die Kälber unmittelbar nach der Geburt von ihrer Mutter, sagte sie. Bestimmt war es das.

Auch Mama war jetzt übergossen von frischem Sonnenlicht, der ganze Körper, vom Gesicht bis hinunter zu den Schuhen, den guten Schuhen. Sie schattete ihre Augen mit der Hand ab, ich blinzelte, als ich mich ihr zuwandte.

Mama war glücklich. Während wir auf das Tal zugingen, summte sie vor sich hin, drehte sich immer wieder nach mir und der Frau Vinatzer um und breitete sich darüber aus, was wir in den nächsten Tagen und Wochen alles machen würden. Wir würden uns nach Meran durchschlagen, wo Tante Agatha wohnte, Mamas Schwester. Mit ihr hatte sie in den letzten Monaten wieder Kontakt aufgenommen und Tante Agatha hatte ihr angeboten, fürs Erste bei ihr zu wohnen. Mama würde sich eine Arbeit suchen, wir würden auf Vater warten, und irgendwie würde sich alles regeln – mit der Staatsbürgerschaft, mit der Rückkehr in unser Dorf, mit meinem Schulabschluss, mit einer Wohnung für uns allein.

Sie redete die ganze Zeit. Die Frau Vinatzer kam kaum mehr zu Wort und ich hatte meine eigenen Gedanken. Die Fußspuren, denen wir gefolgt waren, gingen immer noch in meinem Kopf herum, und ich fragte mich, wer das gewesen sein konnte. Die Abdrücke der Schuhe waren so undeutlich gewesen, dass man nicht einmal mit Sicherheit sagen konnte, dass hier ein Erwachsener gegangen war. Ich war ihnen einfach ohne lange nachzudenken gefolgt und hatte nur aufgepasst, in welche Richtung sie führten. Gewiss stammten sie von jemandem, der genauso heimlich die Grenze passiert hatte wie wir.

Als es wärmer wurde, nahm ich meine Mütze vom Kopf und steckte sie in den Rucksack zu all den anderen Sachen. Ganz unten spürte ich die weichen Riemen von Hannos Sandalen. Ich hatte sie gesäubert und eingefettet, damit das Leder nicht austrocknete, dann in Zeitungspapier gewickelt und eingepackt. Es gab Dinge, die ich nicht zurücklassen konnte. Mama hatte nur den Kopf geschüttelt, als sie sah, was mir alles wichtig war, wichtiger als Socken und Unterhosen, aber sie hatte mir meinen Willen gelassen. Nur das Giovinezza-Buch, das mich überallhin begleitete und mich an Mariendorf erinnerte, war zurückgeblieben. Ich hatte es Ingrid geschenkt, damit sie in ihrem Pommerland darin blättern konnte. Vielleicht dachte sie an mich, wenn sie die Bilder anschaute oder die Gebote des jungen Italieners, des *giovane fascista*, für sich buchstabierte. Die letzten Tage hatten wir oft gemeinsam darin geblättert, bäuchlings nebeneinander auf dem Bett liegend, genau so, wie ich es früher mit Hanno gemacht hatte. Das erzählte ich ihr auch und wie ich ihn beinahe zum Lesen gebracht hätte, an dem Tag, an dem das Hundebegräbnis stattfand.

Am späten Nachmittag war ich mit ihm noch all die Tiere in dem Buch durchgegangen, eine Seite nach der anderen. Es sollte wohl so eine Art Trost sein wegen des toten Hasso. Ich las meinem Bruder laut vor und wenn er verstanden hatte, sollte er mit dem Finger auf die Hunde, Löwen und Adler zeigen, die Haustiere und Wildtiere, *gli animali del Duce*, die auf den zerlesenen, fleckigen Seiten abgebildet waren. Kein Käfer, stellte er nach einiger Zeit fest, kein einziger, und er verzog enttäuscht das Gesicht. Dann aber blieb sein Blick bei den Kaninchen hängen, der braun gescheckten Kaninchenmutter und ihren Jungen, die in einem Garten voller Gemüse und Blumen herumhoppelten. *I conigli si gustano le carote*, buchstabierte ich ihm vor, und dann sprach er die Wörter nach, ohne zu stocken.

Kaninchen haben sie zu uns gesagt, flüsterte er, Kaninchen.

Er drehte sich auf den Rücken und schaute an die Decke.

Wer hat das gesagt?, fragte ich.

Da, wo die anderen Kinder waren.

Wieso wart ihr Kaninchen?

Kaninchen für Käfig und Labor haben sie gesagt.

Aber du bist doch ein Eichhörnchen, sagte ich.

Das wollten die nicht, sagte er, das wollten die gar nicht.

Warum nicht?

Weil die Kaninchen die Spritzen bekommen haben, sagte er.

Welche Spritzen?

Die großen Spritzen, die großen, die wehtun.

Gegen die Tuberkulose?

Ich weiß nicht.

Eine Spritze ist doch für etwas gut, sagte ich.

Die waren alle schrecklich krank, die Kinder, sagte er.

Dann haben die Spritzen nicht geholfen?

Ich weiß nicht, sagte er, vielleicht. Aber danach hat man immer ein Brot bekommen.

Zur Belohnung?

Genau, sagte er, zur Belohnung.

So redeten wir miteinander, wir flüsterten, als hätten wir Angst, dass uns jemand hören könnte. Aber wir lagen ja allein in unserem Zimmer, Mama war beim Bauern, um die dreckigen Kühe zu versorgen, und sonst war niemand da. Hanno verdrehte die Augen und kam wieder ins Stottern, wenn ich nach den Schwestern fragte und was es mit den Spritzen auf sich hatte. Und wenn ich genauer wissen wollte, was man mit ihnen die ganze Zeit gemacht hatte, winkte er ab.

Manchmal seien sie auch freundlich zu ihnen gewesen, die Schwestern und Pfleger, sagte er, meist, bevor sie nach unten geschickt worden seien zum Herr Doktor. Er stellte sich neben das Bett und zeigte mir, wie sie in den Untersuchungsräumen hatten anstehen müssen, einer hinter dem anderen, bevor sie ausgezogen und begutachtet wurden. Überall hätten sie gerade stehen müssen, beklagte er sich, auch im Schlafsaal, ehe sie sich hinlegen durften, und wenn das nicht alle schafften, seien sie böse geworden. Schrecklich, schrecklich böse, flüsterte er.

Komm ins Bett zu mir, sagte ich, komm.

Er ließ die anderen stehen, wo sie waren, die Kinder aus Kaufbeuren, die Max hießen, Rosa oder Konrad – er erinnerte sich an fast alle Namen –, und kam zurück ins Bett. Er stützte sich auf den Unterarmen ab, dann drehte er seinen Kopf, um mich anzusehen. Er musterte mich mit seinen kleinen Augen und sagte, er sei froh, dass er trotz allem ein Eichhörnchen geblieben war. Er rückte nahe an mich heran, legte den Kopf auf meine Hüfte, so wie er es in Mariendorf immer gemacht hatte, und schloss die Augen. Ich zog die Decke über seinen Oberkörper, und bevor ich ihm sagen konnte, dass er das schönste Eichhörnchen war, das es gebe, eines, wie es im Buche stehe, war er schon eingeschlafen und weg.

Während der Zugfahrt mit der *Littorina* hatte Mama keine Ruhe, vor allem als wir uns dem Dorf näherten, dem Ort von Mutters Heimaterde. Sie war schon eine Zeit lang vorher aufgestanden und hatte sich ans Fenster gestellt, um keinen Blick zu versäumen. Gleichzeitig hoffte sie, niemanden zu treffen, das raunte sie der Frau Vinatzer zu hinter vorgehaltener Hand, und als am Mariendorfer Bahnhof zwei Passagiere in unseren Waggon stiegen, duckte sie sich in ihren Sitz und drehte den Kopf zur Seite. Aber die zwei blieben im ersten Abteil neben dem Eingang, sodass sie gar nicht an uns vorübermussten. Erst als sich der Zug wieder in Bewegung setzte, richtete sich meine Mutter wieder auf und fuhr in ihrem Gespräch mit der Frau Vinatzer fort.

An der Endstation in Meran trennten wir uns von ihr. Wir bekamen ein Zimmer in Tante Agathas kleiner Kellerwohnung in der Pension Maria, wo sie als Zimmermädchen und Köchin arbeitete. Die Tante hatte ihre Stube geräumt und ein Bett für mich hineingestellt, Mama schlief auf dem Diwan. Vom Fenster der Stube blickte man auf die Kronen von zwei Palmen mit ihren breiten Wedeln, und wenn man sich auf einen Stuhl stellte, konnte man auf den Rasen sehen mit den

Liegestühlen für die Pensionsgäste. Meine Mutter fand eine Arbeit als Putzfrau im Grand Hotel in derselben Straße, das zu einem Lazarett mit einem großen roten Kreuz auf dem Dach umfunktioniert worden war, und sie nutzte ihre Anstellung, um unter den Patienten nach Vater zu fragen. Die meisten von ihnen waren Soldaten gewesen und als Verwundete nach Meran überstellt worden, und Mama bildete sich ein, dass irgendeiner doch im selben Feld wie Vater gestanden haben musste. Oder gemeinsam mit ihm in einer Kaserne oder bei einem Kampfeinsatz an der Front gewesen war. Sie hatte das Foto, das er uns aus Besançon geschickt hatte, aus dem Rahmen genommen und zeigte es unter den Patienten herum, die in den Zimmern oder im Hotelgarten auf ihren Pritschen lagen. Und abends, wenn im Speisesaal der Pension nicht allzu viel Betrieb war, machte Tante Agatha das Radio auf der Anrichte an, und wir schürften unter den Namen der Heimkehrer, die jeden Tag verlesen wurden, nach Vater. Ein paarmal fuhr Mama auf, sah uns mit großen Augen an, aber gleich darauf ließ sie sich wieder auf ihren Stuhl fallen, kopfschüttelnd. Verhört, sagte sie dann und griff sich mit der Hand an die Stirn.

Das hätte er sein können, sagte Tante Agatha, derselbe Nachname, aber ein Johann ist halt kein Josef.

Morgen vielleicht, sagte ich, und Mama blickte mich dankbar an für diese Hoffnung.

VIII

Und dann war Vater eines Tages plötzlich da gewesen. Er hatte auf der Ladefläche eines Lastwagens gestanden, und während dieser noch in die Einfahrt der Pension Maria rumpelte, hatte er sich elegant über die Seitenwand geschwungen und war mitten in das Kiesbett zwischen die frisch gemähten Rasenstücke gesprungen. Dort hatte er sich hingekniet und die Arme in den Himmel gestreckt, beinahe wie die siegreichen Sportler auf den Bildern im *Olympia*-Buch, das mir Siegfried einmal gezeigt hatte. Dann hatte er sich zum Eingang gedreht und laut nach meiner Mutter gerufen.

Es war ein Aprilnachmittag gewesen und Mama und ich hatten keine Ahnung gehabt, dass er frei war und auf dem Weg zu uns. Erst drei Monate zuvor hatten wir etwas über ihn in Erfahrung bringen können, ein erstes Lebenszeichen, nannte es Tante Agatha; von der Vermisstenstelle des Roten Kreuzes war die Mitteilung gekommen, dass er am Leben und in einem russischen Lager war. Und plötzlich hüpfte er von diesem Lastwagen und war stolz darauf, uns gefunden zu haben. Nach so langer Zeit, sagte er.

Er zwinkerte mir zu, drückte Mama an sich, legte den Arm um ihre Hüfte und führte sie um das amerikanische Militärfahrzeug herum. Dann zog er die Plane zur Seite und präsentierte ihr unsere alten Stühle und den Tisch aus Sonnau. Da staunst du, sagte er, und Mama musste nicken und ihn dafür loben.

Die amerikanischen Soldaten halfen uns noch, die Möbelstücke in einem Kellerabteil zu deponieren, dann salutierten sie und ließen ihren Passagier bei uns zurück.

Vater war kleiner geworden, seit ich ihn das letzte Mal gesehen hatte, kleiner und schmächtiger, aber Mama behauptete, das sei nur eine Täuschung. Eine optische Täuschung, sagte sie, weil ich in der Zwischenzeit selbst um etliche Zentimeter gewachsen sei.

Wir waren annähernd gleich groß, mein heimgekehrter Vater und ich, das stellte ich fest, als wir das erste Mal nach Mariendorf fuhren, um zu sehen, wo wir bleiben konnten. Wir saßen nebeneinander im Zug, und wenn er sich zur Seite lehnte, um aus dem Fenster zu blicken, berührten sich unsere Schultern auf gleicher Höhe.

Und als wir schließlich übersiedelten mit dem Wenigen, was wir hatten, fiel das auch Onkel Rudi auf. Er war in die leere Wohnung am Ortsrand gekommen, in die zwei Zimmer, die man uns zur Verfügung gestellt hatte. Vater hatte sich mit seiner Zigarette in den Hof hinter dem Haus verzogen, aber Onkel Rudi stand noch eine Weile auf dem Gang herum, lehnte sich gegen das

Fensterbrett und erzählte Witze über die italienischen Soldaten im Krieg. Er versuchte, Mama zum Lachen zu bringen, aber schließlich meinte er, er müsse wieder, bei ihm zu Hause würde man ihn schon vermissen. An der Wohnungstür drehte er sich noch einmal um und sagte, dass ich bald der Mann im Haus sein würde, schließlich sei ich fast größer als sein Herr Bruder da draußen, und er zeigte mit einer Bewegung des Kopfes in den Hinterhof.

Mama war froh, dass wir alle wieder beisammen waren. Das rutschte ihr manchmal heraus, wenn wir gemeinsam am Tisch saßen, dem weiß lackierten Esstisch, der mit Vater heimgekehrt war. Aber es war ein Satz, der, kaum ausgesprochen, nicht mehr vergehen wollte, auch wenn sie erschrocken den Kopf schüttelte.

Die Wörter verharrten im Raum, in der Küchenluft, wie festgezurrt und durch nichts zu vertreiben. Weder durch ihr Armfuchteln, dass alles nicht so gemeint war, noch durch Vaters eisiges Schweigen, der sie ansah mit aufgerissenen Augen, bis sie aufsprang. Sie musste rasch etwas aus dem Keller holen, aus der Kredenz, sie lief in die Schlafkammer oder zum Herd und wenn sie zurückkam, hatte sie neue Wörter geschöpft und außer Atem beeilte sie sich, von etwas anderem zu reden als von uns, vom schwarzen Loch, das zwischen uns gähnte.

Vater schwankte leicht, als wir den Gasthof verließen. Auf den Stufen zum Vorplatz legte er eine Hand auf meine Schulter, um sich festzuhalten. Wir hätten noch etwas bleiben sollen, sagte er, nur ein paar Minuten, und ich erwartete, dass er kehrtmachte, zurück in die Gaststube, wo seine Kumpane lachten und tranken. Nein, sagte ich, Mama wartet auf uns.

Sie hatte mich geschickt, weil sie glaubte, dass Vater mit mir am ehesten mitgehen würde. Vielleicht schämte sie sich auch oder hatte Angst vor den Kommentaren und Vaters anschließenden Ausbrüchen. Ich schaffte es meist, ihn nach Hause zu bringen, aber bevor er aufstand, musste ich mich noch mit an den Tisch setzen und etwas bestellen. So konnte er sein Glas in Ruhe leeren und zu meinem Saft noch ein weiteres Viertel Roten dazunehmen.

Für einen Augenblick spürte ich seinen Widerstand auf der Schulter, aber dann folgte er mir trotzdem, schimpfend und mit schwerem Schritt. Als wir über den schwach beleuchteten Kirchplatz gingen, hielt er mich zurück und beharrte darauf, dass wir uns auf einer der Bänke niederließen, damit er noch eine Zigarette drehen konnte. Nur eine, sagte er, dann geht sich's nachher leichter.

Er ließ sich auf die Sitzfläche plumpsen, und ich sah ihm zu, wie er seine blecherne Tabakdose öffnete, mit geschickten Fingern die Prise Tabak einrollte und das Papier verklebte, indem er es an der Zunge entlangzog. Sein Feuerzeug klickte metallen, als er das Röllchen anzündete. Wenn ich in diesen Dreckslöchern nur eine Handvoll Tabak gehabt hätte, murmelte er.

In welchen Dreckslöchern?, fragte ich.

In diesen Lagern, sagte er, in diesen gottverdammten Lagern.

Er blickte verwundert auf, als ob er mein Nachfragen nicht erwartet hätte, aber dann fiel er wieder in sich zusammen. Mit einer langsamen Bewegung wischte er die Zigarettenasche, die auf seine Hose gefallen war, zu Boden.

Es war das erste Mal, dass er die Lager erwähnte. Er war in Gefangenschaft geraten, wahrscheinlich kurz vor Kriegsende, das wussten wir von den Behörden, er selbst hatte kaum ein Wort darüber verloren. Er tat meist so, als hätte er die ganzen letzten Jahre nichts anderes gemacht als nach uns zu suchen, in allen möglichen Gegenden, in Österreich, in Deutschland, in Südtirol. Das erzählte er ausführlich und in allen Details und wie er es geschafft hatte, die Amerikaner für sich einzuspannen, wie er es nannte. Genauso, wie er seine Ausbildung in Besançon in allen Farben schildern konnte, von den französischen Frauen angefangen bis zu den Waffen, an denen sie geschult worden waren. Über das, was im Krieg passiert war, oder über seine Gefangenschaft verlor er nie ein Wort. Ich hatte auch nie gehört, dass Mutter ihn danach gefragt hätte, zumindest nicht in meiner Gegenwart. Vielleicht, wenn sie allein waren.

Du hast ja keine Ahnung, mein Bub, sagte er. Ihr habt alle keine Ahnung. Er fuhr in die Brusttasche seiner

Jacke, setzte die flache Metallflasche an den Mund und nahm einen langen Schluck.

Absolut keine Ahnung, wiederholte er.

Weil du davon nie etwas gesagt hast, von diesen Lagern, sagte ich.

Was soll man jemandem sagen, brauste er auf, der von nichts weiß. Habt ihr eine Ahnung, was es heißt, tagelang nichts zu fressen zu haben, was es heißt, im Abfall zwischen Dreck und blutigen Verbänden nach Kartoffelschalen zu wühlen oder vor Hunger so schwach zu sein, dass einen die eigenen Beine nicht mehr tragen? Nein, schrie er die Worte fast heraus, ihr habt von nichts eine Ahnung.

Er schaute in den Nachthimmel über uns, so als redete er nicht mehr mit mir, sondern mit der Welt, mit all jenen, die sein Schicksal nicht geteilt hatten. Und weil er einmal begonnen hatte, konnte er nicht mehr aufhören. Irgendetwas musste seine Gedächtnisblase angestochen haben, hier auf dem Mariendorfer Kirchplatz, und alles ergoss sich auf einmal. Er zog an seinem Flachmann, bis er leer war, er rollte sich eine zweite, eine dritte Zigarette und hörte nicht mehr auf.

Hunger, sagte er und wiederholte den Satz noch einmal, die ganzen Jahre ein einziges Verhungern. Und dabei haben wir über nichts anderes als Essen geredet, die ganze Zeit, und uns vorgestellt, was wir alles in uns hineinstopfen würden, wenn wir nur wieder zu Hause wären. Auch wenn wir keine Ahnung hatten, ob wir jemals wieder heimkämen oder in diesen Löchern krepierten. Ist ja so vielen passiert. Sogar geträumt haben wir vom Essen. Auf den Pritschen neben dir verrecken die Kameraden in der Nacht, lautlos, weil sie zu schwach sind zu stöhnen, sie wachen am Morgen einfach nicht mehr auf, und das Erste, was dir einfällt, ist, in ihren Sachen zu wühlen, ob sich nichts Essbares oder sonst wie Verwertbares findet.

Nein, nein, sagte er und starrte mich plötzlich an, als wäre er überrascht, mich neben ihm sitzen zu sehen, wenn wir nur etwas Tabak gehabt hätten. Eine Zigarette nur, eine einzige Zigarette, das hätte das dumpfe Graben im Bauch etwas eingedämmt. Was sag ich, im Bauch, Blödsinn, im ganzen Körper. Du kannst dir nicht vorstellen, was das für ein Glück war, wenn ein Aufseher dir ein paar Krümel Machorka hingeworfen hat, ein paar Krümel von diesem russischen Tabak.

Und dann, sagte Vater, und dann –. Die Asche der Zigaretten fiel auf den Lodenstoff seiner Jacke, seiner Hose und blieb dort liegen, er redete ins Dunkel des menschenleeren Kirchhofs hinein, wie man sie von einem Lager zum anderen gekarrt, wie die Aufseher sie angetrieben hätten bei ihren Arbeitseinsätzen in der Ziegelei oder im Steinbruch, er redete von den russischen Frauen, die ihm hin und wieder ein Brot zugesteckt hätten, und von den deutschen Lagerkapos, die viel brutaler gewesen seien als die russischen Kommandanten.

Als wären wir Vieh, sagte er, so haben die uns behandelt, als wären wir Vieh.

Wie Tiere, wiederholte ich für mich und hörte Hannos Stimme in mir, und Vater sah auf für einen Moment, als hätte auch er etwas gehört.

Wenn die Russen so mit uns umgegangen wären wie die Kapos, dann wäre es vielleicht gerecht gewesen, sagte er. Nein, nicht vielleicht, korrigierte er sich, ganz bestimmt wäre es gerecht gewesen. Schließlich haben wir uns in ihren Dörfern aufgeführt wie von Sinnen. Auch da, wo nur noch alte Männer, Frauen und Kinder waren. Aber das will niemand wissen, niemand will das wissen und auch ich nicht mehr.

Doch, Vater, sagte ich, ich schon.

Nein, sagte er, da täuschst du dich. Du täuschst dich ganz gewaltig. Das kann niemand wissen wollen.

Und auf einmal war es still. Vater hatte den Kopf in den Nacken gelegt und die Augen geschlossen, als würde er nachdenken. Er stöhnte kurz auf und tastete in seiner Jacke nach dem Flachmann, der längst leer war. Er setzte ihn trotzdem an den Mund und als er ihn absetzte und seine Hand auf die Bank sinken ließ, sah ich, dass er weinte. Im Licht, das aus den nahen Häusern auf den Kirchplatz drang, glitzerten seine Augen.

Vater, sagte ich.

Ich stellte mich vor ihn hin, umfasste seine Oberarme und versuchte ihn hochzuziehen, damit wir endlich nach Hause kamen, in unsere Zimmer, in sein

Lager, das er in der neuen Wohnung für sich eingerichtet hatte, aber er war noch nicht fertig.

Ich war so fremd dort, sagte er und zog Rotz durch die Nase, so abgrundtief fremd, so vollkommen –

Er stockte, stotterte, suchte nach einem Wort, das nicht kommen wollte. Das nicht da war, nicht auf seiner Zunge, nicht in seinem alkoholschweren Kopf.

Du weißt doch, hob er noch einmal an und sah zu mir herauf, du weißt doch, was Heimweh ist.

Ich nickte.

Diese Sache, sagte er, dieses Gefühl, das tief drinnen in dir frisst. Du spürst es im ganzen Körper. In deinen Gliedern, in deinen Händen, auf deiner Haut, überall. Im Magen, im Darm, im Herzen, und das jede Sekunde, die du wach bist, und das jeden Tag all die Jahre. Fremd, fremd, fremd. Nichts als fremd zu sein, an diesem Ort, mit diesen Leuten, mit denen du nichts zu tun hast, die du dir nicht ausgesucht hast, in einer Landschaft, die nichts von dem hat, was Heimat ist. Verstehst du, was ich sagen will?

Ja, Vater, sagte ich, ich glaube.

Schon gut, sagte er, schon gut.

Er stützte sich mit beiden Händen ab und richtete sich auf. Aber dann fiel ihm noch etwas ein und er ließ seinen Körper zurück auf die Bank fallen.

Der Hunger, sagte er, ist nichts dagegen, die Schläge auch nicht, das Ungeziefer, das dich aufgefressen hat, nichts, nichts. Jetzt bin ich hier, in unserem alten Dorf, bei euch, bei deiner Mutter und dir, aber das ist nur das, was man von außen sehen kann. In mir drin bin ich immer noch dort. Immer noch in diesen Dreckslöchern. Und ich komme nicht mehr heraus aus diesem Zustand.

Er weinte nicht mehr, aber sein Kopfschütteln war geblieben. Ich hatte mich noch einmal neben ihn gesetzt und bekam langsam eine Ahnung davon, warum er sich immer wieder von uns zurückzog, um allein zu sein, warum er auf dem Boden schlief und nicht in einem Bett. Und gleichzeitig verstand ich es doch nicht.

Kaum war es uns gelungen, in unser Dorf zurückzukehren und diese Wohnung zu bekommen, in dem Haus, wo man vorübergehend Leute unterbrachte wie uns, Rückkehrer aus dem ehemaligen Deutschen Reich, da hatte Vater umgehend auf einem eigenen Raum bestanden. Nur für die erste Zeit, hatte er gesagt und sich mit Brettern einen Verschlag auf der Terrasse gebaut. Das war sein Privatbereich, in dem er sich die längste Zeit aufhielt und den man nicht betreten durfte. Mutter zog mit ihrem Bettzeug in die Küche und überließ mir das große Schlafzimmer. Sie atmete jedes Mal auf, wenn Vater die Tür zu seinem Verschlag öffnete und die Wohnung betrat. Nach dem hastig hinuntergeschlungenen Essen aber war er gleich wieder weg, auf Arbeitssuche oder beim Wirt unten. Er ist nicht mehr wie früher, sagte Mama.

Sie hatten sich anfangs noch bemüht, unsere alte Wohnung wiederzubekommen, die wir an Onkel Rudi abgetreten hatten, um ein paar *Centesimi*, sagte Mama, aber die war längst besetzt. Seine ältere Tochter hatte geheiratet und das war jetzt ihre Wohnung, ihre und die ihres Mannes. Sie hatten uns durch die Räume geführt und mir war sofort aufgefallen, was von unserem zurückgelassenen Besitz in ihren übergegangen war – der Herd, der Stubentisch, eine der Küchenkredenzen auch, trotzdem war alles fremd geworden.

Mama hatte sich bald verabschiedet und sogar den Bohnenkaffee ausgeschlagen, den man ihr angeboten hatte, Vater war gar nicht erst mitgekommen. Trotz allem war sie glücklich, wieder in Mariendorf zu sein, an unserem Ausgangspunkt, wo die Heimaterde duftete. Sie überhörte die Bemerkungen über die Habenichtse, die dem Hitler nachgelaufen waren. Sie kniete sich in der Kirche in die Bank, in der sie auch früher gekniet hatte, und redete freundlich mit allen, denen sie auf der Straße begegnete.

Ihr hättet ja draußen bleiben können, sagten die neuen Nachbarn zu uns, wenn Vater sich darüber erregte, dass er seine alte Anstellung nicht mehr bekommen hatte. Wir waren diejenigen, die die Heimat verschmäht hatten und jetzt reumütig zurückgekehrt waren. Mama erklärte allen, die es hören wollten, dass *draußen* zwar einiges besser gewesen war, aber dass es nur eine Heimat gab und dass sie vor Sehnsucht fast gestorben war. Nur wenn man sie nach Hanno fragte, verstummte sie und schüttelte widerwillig den Kopf. Das geht die nichts an, sagte sie dann zu mir, die haben doch keine Ahnung.

Sie sagte auch nichts, wenn ich laut darüber nachdachte, wo wir das Bett für Hanno hätten hinstellen können, wenn er bei uns geblieben wäre, oder seine Sandalen hervorholte und vor ihren Augen polierte. Ich sah, wie sie die Lippen zusammenkniff und sich wegdrehte.

Und einmal, als Tante Agatha zu Besuch kam, hörte ich, wie die beiden in der Küche miteinander flüsterten und plötzlich lauter wurden. Tante Agatha presste heraus, so könne es nicht weitergehen mit ihr, mit dieser Sturheit und dieser einsamen Schweigerei. Lass mich, hörte ich Mama, lass mich einfach.

Du zermarterst dich, rief Tante Agatha, das sieht doch ein Blinder, zumindest mit deiner Schwester könntest du reden.

Dann war es still, ich stellte mir vor, wie Mama ihre Hände über die Ohren legte. Es dauerte nicht lange, dann hörte ich einen Sessel rücken und sie lief im Gang an mir vorbei, hinaus in den Hinterhof, ohne mich anzusehen.

Sie will einfach nicht, schimpfte Tante Agatha, die ihr nachgestürzt war und sich dann neben mir an den Türrahmen lehnte, sie will keine Wörter dafür finden, sie ist wie vernagelt. Vielleicht morgen, sagte ich, wer weiß, vielleicht in ein paar Tagen.

Endlich war es mir gelungen, Vater von der Bank auf dem Kirchplatz loszueisen und nach Hause zu schleppen. Ein paarmal noch war er stehen geblieben, um sich an einer Hausmauer abzustützen, aber dann war er mit steifen Beinen und durchgedrücktem Rücken vorangeschritten. Er komme schon gut allein zurecht, hatte er mich zurechtgewiesen, als ich ihm meine Schulter als Halt anbot.

Er war zur Wohnungstür hineingepoltert, auf dem Absatz vor der Küche hatte er sich noch einmal umgedreht, in einer plötzlichen Bewegung zu mir her, als wollte er mich umarmen, aber vielleicht hatte er auch nur das Gleichgewicht gesucht. Dann war er auf der Stelle in seinem Verschlag verschwunden. Ich hörte, wie er von innen den Riegel vorschob. Mama konnte jetzt das Licht löschen, weil alle zu Hause waren.

Nur ich lag lange wach und drehte mich unter dem Federbett nach links und nach rechts. Ich dachte an die ausgemergelten russischen Jochbergerknechte in Sonnau und wie der eine halb tot neben der Scheune gelegen war, und plötzlich fiel mir Hanno ein und dass ich ihm gerne von Vater erzählt hätte. Von Vater und von den Lagern, von allem, was ich gerade vernommen hatte. Aber Hanno kam nicht mehr, seit wir aus Flatz weg waren, hatte ich ihn nie mehr gesehen. Er war einfach weg, auch in meinen Träumen, und ich hatte keine Erklärung dafür. Manchmal dachte ich daran, wie mir Mutter erklärt hatte, dass man nie ganz tot war, auch wenn man gestorben war, und deshalb hoffte ich, dass auch mein Bruder eines Tages wieder auftauchte. Wie gerne hätte ich jetzt sein Gesicht gesehen, seine Augen, wenn er das von den Läusen und Wanzen mitbekommen hätte, die Vater geplagt hatten.

Weißt du noch, was Parasiten sind, hätte ich ihn gefragt, und wenn er dann genickt oder den Kopf geschüttelt hätte, hätte ich von den Läusen berichtet, die sich in sämtlichen Hautfalten und Kleidersäumen verstecken konnten, und wie Vater sich abgetastet hatte auf der Suche nach den Nissen. Das sind die Läuseeier, hätte ich Hanno erklärt und beschrieben, wie die aussehen und dass man sie unbedingt vernichten musste. Man muss sie totmachen, hätte ich gesagt, und wenn ich erzählt hätte, wie Vater in seinen Lumpen gewühlt hatte, in seinen Kleidern und da, wo sich die Läuse am liebsten versteckten, unter den Achseln, am Haaransatz und in den Unterhosen, da hätten auch wir es auf unserer Haut krabbeln und jucken gespürt.

Eine Baracke voller Ungeziefer wäre in meinen Sätzen entstanden, mit unserem Vater als Hauptperson, als Anführer inmitten seiner Lagerkameraden, die neben ihm arbeiteten und die Holzpritsche mit ihm teilten. Ich hätte meinen Bruder auch das Knacken hören lassen, so wie Vater es mit der Zunge nachgemacht hatte, mit seiner betrunkenen Zunge vorhin auf dem Kirchplatz, das Knacken, das entstand, wenn die Nissen mit den Fingernägeln zerdrückt wurden.

Hanno hätte das gefallen. Mit Sicherheit hätten wir lauthals gelacht über Wörter wie Lauseier oder Entlausung, und hätte ich dann geschildert, wie es zuging beim Kahlscheren der Köpfe oder beim Erhitzen der abgelegten Kleider, wäre ihm der Mund offen geblieben. Und dass unser klein gewordener Vater nackt war in der russischen Kälte, diese Vorstellung hätte auch ihn erschaudern lassen.

Etwas aber gab es, was ich nicht aussprechen, nicht sagen konnte. Dass Vater überzeugt war, dass Hannos Tod eine Sache der Gerechtigkeit war, der ausgleichenden Gerechtigkeit, behalte ich für mich. Dass Hanno sterben musste, weil Vater beim Niederbrennen eines russischen Dorfes ein Kind erschossen hatte, ein schreiendes Kleinkind, das in einer der Katen allein zurückgeblieben war, nachdem seine Kompanie alle anderen Bewohner getötet hatte.

Da war dieses Dings, hatte er gemurmelt, in den Schnapsdunst seines Atems hinein, und dann war plötzlich ein Geständnis da, herausgebrochen auf dieser Bank auf dem Kirchplatz. Dieses Dings, dieses Kind, man lässt doch kein Kind zurück in einem Dorf, wo niemand mehr ist. Jemand muss das doch machen, sagte er und schilderte, wie er das weinende Kind in einer Ecke entdeckt, angelegt und abgedrückt habe, und er ließ sich nicht davon abbringen, dass es einen Zusammenhang gab zwischen dieser Tat und Hannos Tod. Ein

Gott der Gerechtigkeit und der Rache hatte den kleinen Hanno ausgewählt, nicht mich, nicht Vater, sondern das schwächste Glied, *Auge für Auge, Zahn für Zahn.* Er ließ sich nicht davon abbringen, auch wenn ich ihm widersprach, er bestand darauf, dass die Dinge der Welt so geregelt waren.

Aber das mit Hanno war doch früher, wagte ich einzuwerfen.

Nein, sagte Vater, bestimmt nicht. Und wenn schon.

All das hätte ich Hanno nicht gesagt, nicht sagen können, für einen Augenblick hätte ich zu Atem kommen müssen, weil mir die Geschichte mit dem russischen Kind in den Kopf gekommen war, aber dann hätte ich weitergeredet. Denn Hanno wäre immer noch ganz Ohr gewesen, den Kopf an meine Schulter gelehnt.

Und wenn du noch nicht genug hast von diesen Geschichten, sagte ich ins Dunkel des Zimmers hinein, dann sprechen wir jetzt von den Blutsaugern, den Vampiren. Das sind Wanzen, sagte ich, die sich festbeißen in der Haut und vom Lebenssaft der Menschen oder Tiere ernähren.

Und schon waren wir wieder im Lager, wo es nur so wimmelte von ihnen, wo sie zu Tausenden an den Holzdecken klebten, um sich fallen zu lassen, wenn Vater und die anderen Gefangenen darunter vorbeigingen. Sie fielen auf das russische Brot, das sie ausgehändigt bekamen, oder in die Suppe, sie fielen auf die rasierten Schädel und auf die Kleidung, wo sie sich weitergruben, bis sie genau auf die Stellen trafen, die ungeschützt waren. Diese Wanzen, flüsterte ich, passen dich regelrecht ab, die warten, bis du dich näherst, und flugs springen sie dich an und stechen tief in dein Fleisch. Sie sind wie verrückt nach deinem Blut, nach dem Saft, den sie aus dir heraussaugen.

Hanno blieb stumm wie ein Fisch, wie jemand, dem es die Sprache verschlagen hatte. Und ihre Lieblingsstelle, fuhr ich fort, ihre absolute Lieblingsstelle ist die Haut um die Augen herum, da, wo sie so weich ist wie bei einem frisch geborenen Kätzchen. Genau da, sagte ich und im Finsteren suchte ich die Stelle in seinem Gesicht zu ertasten.

Vater hatte vorhin auf der Bank darauf bestanden, dass ich seine Wange berührte, seine stoppelige Wange, und dann mit den Fingern seine Lider und Tränensäcke erkundete. Fahr hin, sagte er, und als er mein Zögern bemerkte, nahm er einfach meine Hand und führte sie an sein Gesicht. Ich spürte die raue Wange an meinen Fingerspitzen, die Haut, die immer noch tränennass war, und der Unterschied zur Hautpartie unter seinem Auge war deutlich, das musste ich zugeben. Vater schnaubte kurz auf, als ich meine Hand wegnahm, aber dann lächelte er und sagte, dass es Zeit war, nach Hause zu gehen.

Ich drehte mich zur Seite, griff in das Kissen, aber da war kein Hanno, natürlich nicht. Aus dem Dunkel des Zimmers leuchtete nur das Bild vom schwankenden

Vater auf dem Heimweg, von seinem müden Gesicht und von den Lagerwanzen, die mit ihren Saugrüsseln auf seine Augen zuschlichen. Bestimmt hätte er jemanden gebraucht, der seinen Schlaf bewachte und das Ungeziefer von seinem Gesicht wischte. Aber Mama und ich waren anderswo gewesen, weit, weit weg.

Später in der Nacht fielen Vaters Wange und die kaputte von Ingrid in eins und auch meine Beklemmung, als ich beide berührt hatte. Die weißlichen Narben bedeckten beide Gesichter und drückten tief hinein in meinen Traum, in dem jemand von außen ans Fenster eines Hauses voller Menschen klopfte, aber niemand machte auf.

Auch untertags fiel mir Ingrid öfters ein und ich überlegte, ob sie es in ihrem Pommerland bis nach Hause geschafft hatten, so wie Mutter und ich. Wir waren wieder an unseren Ausgangspunkt zurückgekommen, aber wenn ich jetzt durch das Dorf ging, hatte ich manchmal das Gefühl, als wäre es das erste Mal, dass ich diese Gassen betrat. Ich erkannte die Häuser wieder, bemerkte, dass man die Inschriften für den Duce und seine Partei übermalt hatte, mancherorts schienen sie unter der dünnen Farbe noch durch, aber etwas war anders geworden. Auch die Menschen, denen ich begegnete, erkannte ich sofort wieder, trotzdem war es eigenartig. Wie mit einem Seil, das gerissen war und an der falschen Stelle wieder verknotet.

Von Kathrinas Familie waren einzig die Großeltern zurückgekehrt, alle anderen waren in Vorarlberg geblieben. Den Großvater hatte ich einmal über die Bahnhofstraße gehen sehen, mein Herz hatte einen Sprung gemacht und ich war ihm nachgegangen, ans andere Ende des Dorfes. Kurz bevor er ins Haus trat, hatte ich ihn erreicht, ihn angesprochen und nach Kathrina gefragt. Er wollte wissen, wer ich sei, und als ich ihm sagte, dass ich der Sohn vom Josef war, der in der Metzgerei gearbeitet hatte, hellte sich sein Gesicht auf. Die bleiben wohl, wo sie sind, sagte er, hier haben sie ja nichts mehr. Nur die Kleine hat immer noch von Mariendorf geredet. Er zuckte mit den Achseln, murmelte einen Gruß und wandte sich ab, um die Haustür aufzuschließen.

Nein, es war nicht mehr wie früher. Vater wusste das auch, nur Mama tat so, als gäbe es diese fünf, sechs Jahre nicht, die wir weggewesen waren. Hin und wieder, wenn ich an unserem alten Haus mit der Rosskastanie vorbeiging oder auf dem Hügel stand, von dem aus man die ganze Umgebung überblicken konnte, kamen mir Kathrinas Worte in den Sinn. Als sie meine Hand genommen und die sich kreuzenden Linien damit erklärt hatte, dass wir uns wiedersehen würden. Vielleicht sollte ich genauso dran glauben, mit jeder Faser meines Herzens, wie Mutter es gekonnt hatte.

Wenn ich in der Küche allein war, breitete ich manchmal meine Schätze vor mir aus. Ich legte Siegfrieds Messer mit dem Perlmuttgriff auf den Tisch, daneben platzierte ich die Schneekugel, Vaters Geschenk für Hanno, die in meinen Besitz übergegangen war. Auch Hannos sauber geputzte Sandalen gehörten zu den Sachen, die in meiner Schatzkiste lagen und die ich niemals loslassen würde. Es waren die Dinge, die zu mir gehörten wie nichts anderes. Ich nahm das Taschenmesser in die Hand, öffnete es und spürte, wie glatt und anschmiegsam der Griff in meiner Faust lag. Die geschliffene Klinge war immer noch scharf, streichelte man mit dem Daumen darüber, bekam man eine Ahnung davon, wie tief man sich ins Fleisch schneiden konnte, wenn man nicht aufpasste.

Die französische Schneekugel ruhte auf einem runden Absatz aus poliertem Holz, der beinahe so schwerelos war wie Luft. Es war ein Leichtes, sie auf den Kopf zu stellen und zu schütteln – schon tanzten die Flocken und schneiten den hoch aufragenden Eiffelturm ein und die Stadt Paris, die durch ein paar Häuschen angedeutet war. Ich stellte die Kugel auf die Tischplatte und gebannt sah ich dem Wirbeln zu, und zuweilen machte es mich frösteln, als würde die Kälte, die das Winterbild in der Kugel versprach, unvermittelt in meine Glieder wandern. Ich dachte an Hanno und wie wir mit unserer Zunge nach den feinen Kristallen gehascht hatten. Auch Mamas Schneevergnügen kam mir in den Sinn, bis das Pariser Flockengetümmel zur Ruhe kam und Platz schaffte für andere Gedanken.

Auf Hannos Sandalen ließ sich der Staub immer schnell nieder, zudem musste darauf geachtet werden, dass das Leder geschmeidig blieb. Wenn alles erledigt war, das Schuhwerk geputzt und eingefettet, kamen sie zu den anderen glänzenden Dingen auf den Tisch.

Ich hatte Siegfried vor Augen und manchmal auch Ingrid oder Kathrina, und betrachtete ich meine Schätze lange genug, hatte ich das Gefühl, dass sie alle eine Botschaft in sich trugen, eine Nachricht, die ich nur noch nicht verstand. Wenn man es schon in einer kleinen Glaskugel schneien lassen konnte, dann müssten auch andere Dinge möglich sein, Dinge, die man sich im Augenblick nur nicht vorstellen konnte.

IX

Noch ehe wir uns in Mariendorf richtig niedergelassen hatten, war Mama schon auf dem Friedhof gewesen und hatte das Familiengrab neu geschmückt. Im Oktober strömen hier alle mit ihren Chrysanthemen und den Körben voller Fichten- und Tannenzweige zusammen, aber sie findet, dass Moos viel passender ist für die Jahreszeit. Das Moos, das wir im schwarzen Wald von den großen Findlingen kratzen, kurz bevor der erste Schnee kommt, von den Findlingen, die der Sage nach von Riesen vom Berg heruntergeschleudert wurden und jetzt zwischen den Stämmen der alten Fichten und Lärchen aufstehen. Mit dem Moos legt sie die gesamte Grabstatt aus, damit sie aussieht wie mit einem warmen Bettzeug zugedeckt, nur in der Mitte lässt sie etwas Platz für eine Kerze, die sie entzündet und die über die Tage des Totengedenkens hinaus brennen soll.

Sobald man seine Arbeit erledigt hat und davongeht, kommen die Dohlen und Finken, die auf den Bäumen hinter dem Friedhof herumflattern und lauern. Sie stürzen sich auf die frisch geschmückten Gräber und picken nach Käfern und Würmern. Lass sie doch, sagt Mama und nimmt mir den Stock aus der Hand.

Wir haben Hannos Namen auf die Erinnerungstafel in der Mitte des gusseisernen Grabkreuzes dazuschreiben lassen. Sie hat die Form eines platt gedrückten Häuschens, auf dessen Fassade die abblätternden Namen meiner Großeltern stehen. Wenn man den seitlich angebrachten Haken löst, springt sie auf wie ein Deckel und dahinter, im Inneren, kommt die neue Inschrift zum Vorschein. Weiße Lettern auf schwarzem Grund.

Hannos A fällt einem sofort ins Auge, Antons erster Buchstabe, es steht tiefer als die übrigen und auch zu sehr nach links geneigt. Es ist mit all seinen kunstvollen Schlingen weit unter die Grundlinie gerutscht, es sieht aus, als wollte es sich davonmachen samt der ganzen Buchstabenbande hinter ihm. Oder als hätte sie mein Bruder selbst hingemalt mit ungelenken Fingern. Die Vier in seinem Geburtsdatum hingegen hat eine Schlagseite nach rechts, sie lehnt beinahe an der Schulter der Sieben daneben, wie jemand, der Halt sucht.

Die untere Hälfte der Tafel ist noch unbeschrieben, Mama sagt, das sei der Platz, der für sie und Vater reserviert sei. Bis es so weit ist, denke ich, hätte der Schreiber aber ruhig eine Zeichnung hinzufügen können, wie man sie bei den Hausaufgaben in Schulheften macht, wenn die Seite nicht ganz gefüllt ist. Wäre ich gefragt worden, hätte ich nicht lange überlegt und von den Eichhörnchen geredet. Von den Eichhörnchen, von ihren behänden Füßen, dem feinen roten Haar und dem buschigen Schwanz, und ich hätte auch eine Skizze entworfen, warum nicht. Ein Eichhörnchen, hätte ich gesagt, das kann doch nicht so schwer sein.

Es ist ein grauhaariger Alter aus dem Dorf, der hier die Inschriften macht, Mamas früherer Lehrer, nach Krieg und Gefangenschaft tattrig zurückgekommen. Er sei gefoltert und auf eine Insel im Meer verbannt worden, weil er Mussolini nicht gehorcht und heimlich Deutschunterricht in seinem Keller gegeben habe. Und als er wieder zurück ins Dorf kam, sagt Mama leise und wie hinter vorgehaltener Hand, da waren schon wieder neue Zeiten und keiner interessierte sich mehr dafür, was ihm zugestoßen war.

Jetzt zieht er täglich mit seinem Hund auf den
Friedhof, manchmal schraubt er ein Grabkreuz ab und bringt es mit seiner Schubkarre nach Hause, meistens aber arbeitet er im Freien. Er hat viel zu tun, das alte Hinkebein, nicht nur, weil die Leute sterben und nicht vergessen werden wollen, sondern auch, weil er aus der begrabenen Francesca wieder eine Franziska machen soll und aus dem Guglielmo einen Wilhelm. Aber dass die Buchstaben immer wieder aus der Reihe tanzen, das hat mehr mit der Weinflasche zu tun als mit seiner Gefangenschaft, mit der Flasche aus grünem Glas, die am Sockel der Grabkreuze lehnt und bis zum Mittag leer ist.

Diese Buchstaben, will ich noch zu meiner Mutter sagen, lassen mich die ganze Zeit an ihn denken. An

Hanno, an sein wildes Gezappel, seine Drehungen und Verrenkungen. Weißt du, will ich sagen, wie an dem Tag im Heim, als ihn die Schwester mit sich schleppte, diesen endlosen Gang entlang, während er sich wand wie ein Wiesel, um nach uns zu sehen.

Erinnerst du dich, will ich sagen, aber sie hat das ja nicht im Kopf, weil sie die ganze Zeit am Empfang mit ihrer Unterschrift beschäftigt war, und ich behalte meine Gedanken für mich.

Meine Mutter geht voraus und kurz vor dem Ausgang des Friedhofs bleibt sie stehen, vor dem schmiedeeisernen Tor. Sie dreht sich um, für einen Augenblick, und blickt zurück auf die Grabstätte. Vielleicht will sie sich vergewissern, dass die Kerzenflamme dem Luftzug standgehalten hat, dem leichten Windhauch, der von den Bergen herunterweht.

NACHWORT

Für die geschichtliche Recherche zu dem Roman, speziell zur „Option“ in Südtirol, aber auch zum Thema der Aussonderung und Ermordung von behinderten Kindern in den „Heil- und Pflegeanstalten“ des Dritten Reiches, stand mir umfangreiches Material zur Verfügung. Aus den vielen Veröffentlichungen möchte ich zwei namentlich erwähnen, weil sie mir eine wichtige Stütze und Hilfe bei der Konzeption meines Buches waren. Zum einen sind dies die Erinnerungen von Josef Feichtinger *Flucht zurück. Eine Auswandererkindheit* (Edition Raetia, 2018), zum anderen die Sammlung von Aufsätzen von Elisabeth Malleier und Marlene Messner (Hg.) *Agnes, Ida, Max und die anderen* (Drava Verlag und edizioni alphabeta Verlag, 2018). Ich danke den Autorinnen und Autoren, ohne sie wäre dieses Buch vielleicht nie entstanden.

S. M.

GLOSSAR

Balilla (ital.) – Jungenorganisation der Faschisten, ähnlich der „Hitlerjugend“

Dux (lat.) – „Führer“; neben „Duce“ Bezeichnung für den Faschistenführer Benito Mussolini

Giovinezza (ital.) – „Jugend“; auch gebräuchlicher Name für die Hymne der faschistischen Bewegung in Italien

Farfallina bianca (ital.) – „Kleiner, weißer Schmetterling“; italienisches Kinderlied

Jungvolk – Teilorganisation der Hitlerjugend für Jungen zwischen zehn und 14 Jahren

Katzelmacher – spöttische Bezeichnung in Teilen Österreichs für „Italiener:innen“; wohl eine Verballhornung des Wortes Kesselmacher (Kesselflicker)

Littorina (ital.) – mit Diesel oder Benzin betriebener Antriebswagen der italienischen Eisenbahn aus den 1930er-Jahren, benannt nach der Stadt Littoria bzw. dem fascio littorio, dem faschistischen Rutenbündel

Negus (aus dem Amharischen) – Titel des königlichen Herrschers, gemeint ist hier Haile Selassie (1892–

1975), letzter äthiopischer Kaiser, der in vielen Liedern des Faschismus verspottet wird

Piccole italiane (ital.) – Mädchenorganisation der Faschisten, ähnlich dem „Bund Deutscher Mädel"

Pommerland – Pommern, Region an der Ostseeküste, heute verteilt auf die Staaten Deutschland und Polen

Saluto romano (ital.) – römischer Gruß, analog zum Hitlergruß

Volksdeutsche – in der nationalsozialistischen Bezeichnung alle Deutschen, die (im Gegensatz zu den „Reichsdeutschen") außerhalb des deutschen Staatsgebietes lebten

Volkskörper – metaphorisch für „Volk", im Nationalsozialismus rassenbiologisch definiert („gesunder Volkskörper")

Die Arbeit an diesem Buch wurde gefördert vom österreichischen Bundesministerium für Kunst, Kultur, öffentlichen Dienst und Sport sowie durch die Südtiroler Landesregierung, Abteilung Deutsche Kultur.

2. Auflage, 2023

Lektorat: Senta Wagner
Umschlaggestaltung: Michèle Ganser
Layout: Gerhard Gauster
Gesamtherstellung: Leykam Buchverlag

www.leykamverlag.at
ISBN 978-3-7011-8286-2

Klimaneutral gedruckt mit freundlicher Unterstützung durch die Kulturabteilung der Provinz Bozen.